中小学生不得不读的故事丛书

让青少年学会热爱集体的故事

本书编写组○编

每一个好故事，都会带你种下完美人生的种子；每一个好故事，都是我们领悟人生的一盏明灯；每一个好故事，都是我们人生的一块基石。它给我们智慧的启迪，让我们抓住希望。对今天更加珍惜，对明天充满自信！

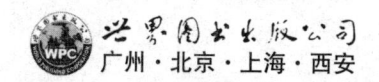

世界图书出版公司
广州·北京·上海·西安

图书在版编目（CIP）数据

让青少年学会热爱集体的故事/《让青少年学会热爱集体的故事》编写组编.—广州：世界图书出版广东有限公司，2010.11 （2024.2重印）
ISBN 978-7-5100-1499-4

Ⅰ.①让… Ⅱ.①让… Ⅲ.①故事-作品集-世界 Ⅳ.①I14

中国版本图书馆 CIP 数据核字（2010）第 217441 号

书　　　名	让青少年学会热爱集体的故事 RANG QINGSHAONIAN XUEHUI REAI JITI DE GUSHI
编　　　者	《让青少年学会热爱集体的故事》编写组
责任编辑	康琬娟
装帧设计	三棵树设计工作组
出版发行	世界图书出版有限公司　世界图书出版广东有限公司
地　　　址	广州市海珠区新港西路大江冲 25 号
邮　　　编	510300
电　　　话	020-84452179
网　　　址	http://www.gdst.com.cn
邮　　　箱	wpc_gdst@163.com
经　　　销	新华书店
印　　　刷	唐山富达印务有限公司
开　　　本	787mm×1092mm　1/16
印　　　张	10
字　　　数	120 千字
版　　　次	2010 年 11 月第 1 版　2024 年 2 月第 11 次印刷
国际书号	ISBN 978-7-5100-1499-4
定　　　价	48.00 元

版权所有　翻印必究

（如有印装错误，请与出版社联系）

前 言
FOREWORD

我们知道个人的力量是微弱的，集体的力量是无穷的。

一张纸在桌子上立不起来，但做成一本厚厚的书便可以立在桌上。一棵树在风中摇摆只能等待命运的安排，组成一片树林，就能稳稳地抵抗着风雨的侵袭，这就是集体的力量。一堆沙子是松散的，可是它和水泥、石子、水混合后，比花岗岩还坚韧。一朵花打扮不了花园，它和百花一起就能装扮春天。一个人前进总是单枪匹马，众人团结才能移山排海。

在西方人眼里，项羽是唯一能与迦太基名将汉尼拔比肩的中国古代将领。他一吼便让敌人魂飞魄散，肝胆俱裂，目不敢视，手不能发，可是他却败在痞子英雄刘邦手上。项羽是个唯美主义者，他义无反顾的为自己的理想勇敢奋斗，可是，这是战场一人之勇是不能胜利的，连范增也扔下一句："天下事已定，君好自为之。"弃他而去；刘邦最终成为君主，因为他不弃黄钟，他善于团结人心，当年起义时他说："我们都是来自五湖四海的兄弟，为了推翻秦王朝走到了起来。"

日本在第二次世界大战后的迅速崛起曾让我们不得不惊叹。但又是怎样的观念让他们崛起呢？日本学者石田英一郎在《日本文化论》中谈到："日本具有水稻栽培文化圈的典型特征。"水稻栽培这种必须靠集体的力量来完成的生产方式，使日本人在古代便以村落为单位，结成了一个个齐心协力的利益共同体，在这些集体中，个人必须服从集团的整体利益，人们共同遵守一个道德观念、法律规定和风俗习惯，与集体共损共荣。维持生存这一最基本的需要，使日本人习惯于为了集团的利益而牺牲个人的利益，

经过千百年的承袭，形成了日本人的务实精神和牺牲精神，这些都是日本人在教育上进而在经济上获得成功的基本保证。

集体从小处说就是一个团队、班级、学校，大而广之就是一个国家、民族，热爱同学、热爱班级、热爱学校是热爱集体的表现，热爱国家、热爱民族也是热爱集体的行为。

中华民族五千年历史，同样闪耀着"以大局为重"、"团结一心，众志成城"的集体精神和力量光辉，可歌可泣的故事千年流芳，世代传颂。

本书有舍生取义的"以和为贵，精诚团结"的故事，也有雄浑激昂的"英雄集体，倍出英雄"的故事，等等。从中领略"胸怀集体，始自少年"的意旨。

热爱集体，从我做起。

编　者

目录

天下安危，乃为己任

大禹治水 ………………………… 1

牛贩子弦高犒师救国 …………… 3

屈原遭贬未敢忘忧国 …………… 5

卜式捐财 ………………………… 7

苏武北海牧羊难移爱国志 ……… 8

朱伺为国不顾家 ………………… 9

祖逖"闻鸡起舞"一心
　　北伐 ………………………… 11

陆游的戎马诗情 ………………… 12

诗画寓意爱国志 ………………… 14

销烟雪耻壮国威 ………………… 15

张自忠的民族气节 ……………… 17

蔡廷锴为"永安堂"做广告 …… 18

大战平型关 ……………………… 20

以和为贵，精诚团结

将相和睦 ………………………… 23

羊角哀与左伯桃让生 …………… 25

田文不怒吴起 …………………… 27

相忍为国的寇恂 ………………… 29

昭君出塞 ………………………… 30

郭子仪和李光弼不计私怨 ……… 31

中华民族好男儿 ………………… 32

心系人民，心向祖国

不卑不亢的晏子 ………………… 36

爱国外交家曾纪泽 ……………… 37

黄遵宪质问美国官吏 …………… 40

杨儒舍命拒俄约 ………………… 41

向列强说"不"的顾维钧 ……… 43

见证民族伤心史的吕海寰 ……… 47

为国献身的飞机制造家冯如 …… 48

"我代表我的祖国" …………… 50

陈嘉庚兴办教育以砺民志 ……… 50

张大千卖画 ……………………… 53

续范亭血洒中山陵 ……………… 54

"我是中国人" ………………… 55

郑振铎的"最后一课" ………… 58

李四光"努力向学，蔚为

国用" ………………………… 59
华罗庚 "回国一点不
　后悔" …………………… 62
钱学森 "我终于回到了
　祖国" …………………… 64

胸怀集体，始自少年
12 岁的使臣甘罗 ………… 67
勇斩双头蛇的孙叔敖 …… 68
浪子回头的周处 ………… 69
突围搬兵的荀灌 ………… 70
斩蛇除害的李寄 ………… 71
有大志的宗悫 …………… 71
岳家军中的勇少年岳云 … 72
抗倭小英雄"石童子" … 73
草原英雄小姐妹 ………… 74
追逐阳光的花朵 ………… 77
为大家做好事的快乐 …… 79
"老师，让我试试吧" … 80

英雄集体，倍出英雄
重于泰山刘胡兰 ………… 81
董存瑞手举炸药包 ……… 86
邱少云视死如归 ………… 87
马特洛索夫式的英雄黄继光 … 89
"铁人"王进喜 ………… 91
雷锋："我叫解放军" … 93
黄继光式的战士张映鑫 … 100

用身体滚雷的罗光燮 …… 102
生命不息，冲锋不止的于
　庆阳 …………………… 105
对越自卫反击战英雄史光柱 … 107
对越反击战排雷英雄白洪普 … 113
孤胆英雄岩龙 …………… 118
战绩最高的狙击手向小平 … 120
抢占永暑礁的勇士林书明 … 122

集体力量，光芒闪亮
中国女排五连冠 ………… 125
中国体操重得金牌 ……… 126
中国女曲 9 年得银牌 …… 132
33 岁的中国运动员张宁 … 136
为了集体的荣誉 ………… 138
最美丽的火炬手金晶 …… 140

热爱集体，师德丰碑
女教师护学生斗歹徒 …… 143
校长为护学生连挨五刀 … 145
谭千秋飞身护学生 ……… 146
汶川集体不倒丰碑 ……… 148
杜正香舍生守护 3 名幼儿 … 150
苟晓超坚守职责新婚郎 … 151
师德浩大瞿万容 ………… 153
杨雪艳：身体弓成"人"
　字保护学生 …………… 153

天下安危，乃为己任

> 天才并不是自生自长在深林荒野里的怪物，是由可以使天才生长的民众产生、长育出来的，所以没有这种民众，就没有天才。
> ——鲁迅
>
> 在许多问题上我的说法跟前人大不相同，但是我的知识得归功于他们，也得归功于那些最先为这门学说开辟道路的人。
> ——哥白尼

大禹治水

原始社会末期，地球上发生了一场空前的灾难，许多地方上降暴雨，江河湖泊涨溢肆虐，洪水冲毁了农田和房子，家畜大多也死于非命，人类生存面临着严重的威胁。

黄河流域也发生了很大的水灾，庄稼被淹了，房子被毁了，老百姓只好往高处搬。不少地方还有毒蛇猛兽，伤害人和牲口，叫人们过不了日子。

尧召开部落联盟会议，商量治水的问题。他征求四方部落首领的意见：派谁去治理洪水呢？四岳首领们和众大臣都推荐鲧担此重任。

尧对鲧不大信任。首领们说："现在没有比鲧更强的人才啦，你试一下

吧！"尧才勉强同意。

鲧治水采取了修堰治坝的方法，特别是对于一些急流大川沿用堵围之法，花了9年时间，没有把洪水制服。因为他只懂得水来土掩，造堤筑坝，结果洪水冲塌了堤坝，水灾反而闹得更凶了。

舜接替尧当部落联盟首领以后，亲自到治水的地方去考察。他发现鲧办事不力，就撤销了职务，把他杀了，又让鲧的儿子禹去治水。

大禹治水

大禹注意汲取前人特别是其父治水的经验与教训，先四处跋涉，摸清了每条河流特别是黄河的变化习性，再针对每条河流的具体情况，制定了以疏通河道为主，再辅之堆堰修坝的措施，对洪水实施综合治理。在大禹的正确领导之下，洪水泛滥的局面有效地得到了控制，人民的生命财产有了保障。禹和老百姓一起劳动，戴着箬帽，拿着锹子，带头挖土、挑土。他的手磨去了指甲磨起了老茧，腿上磨去了汗毛，生了偏枯之症，但仍不停地工作

经过13年的努力，终于把洪水引到大海里去，地面上又可以供人种庄稼了。

禹为了治水，到处奔波，多次经过自己的家门，都没有进去。有一次，他妻子涂山氏生下了儿子启，婴儿正在哇哇地哭，禹在门外经过，听见哭声，也狠下心没进去探望。

牛贩子弦高犒师救国

公元前628年冬春之交的一天清晨，马蹄得得，一封十万火急的密信送到华丽的秦宫。它是秦国的一位将领杞子从千里之外的郑国派人飞马送来的。3年以前，秦、晋两国的军队进驻郑国，能说会道的郑国人烛之武利用这两个国家存在的矛盾，说服了秦穆公。秦国和郑国单独讲和，从郑国退兵，派了杞子等3个将领协助郑国守卫北城。但雄心勃勃的秦国亡郑之心不死。恰巧在前一年冬天，晋文公和郑文公先后死去，杞子以为这是极好的机会，便差人密告秦王："郑国北门钥匙在我们手里，若派兵偷袭，来个里应外合，不难马到成功。"

秦穆公立即把大臣们召来，一块商量偷袭郑国的事。会上，老臣蹇叔和百里奚不赞成出兵。他们说："偷袭郑国，害多利少，还是不去为好。郑国离秦国很远，我军长途奔袭，路遥日久，难免走漏消息。郑国如有了准备，以逸待劳，我们怎能取胜呢？"

秦穆公称霸心切，不但不听蹇叔和百里奚的话，还批评他们前怕狼，后怕虎，成不了大事，决定任命孟明视为大将，西乞术和白乙丙主副将，出动3000名精兵和300辆战车，去攻打郑国。

秦国的军队从都城出发。行军途中，不打旗，不击鼓，十分谨慎小心，很快通过晋国的崤山，悄悄地进入了南接郑国的滑国境内。孟明视等以为秦军的行动极其秘密，眼看兵临城下，而郑国却还蒙在鼓内呢！偷袭北城灭亡郑国的计划马上就要实现了。

恰巧这时候，郑国有个叫弦高的牛贩子，赶着一群牛到洛阳做买卖。走到黎阳（今河南浚县东），遇到一个从秦国来的人名叫蹇他，两人就攀谈起来。

弦高问："秦国最近发生了，什么大事情？"

蹇他道："我在那里听说，秦王派了3个将军，带领了军队去攻打

郑国。"

弦高问:"真的吗?"

塞他又答:"哪会有假,两三天后可能就从这儿经过,你也许会看到呢!"

弦高听了,不禁大吃一惊,心想:"秦是虎狼之国,而郑国国君新丧,毫无准备,怎能抵挡住强大的秦军侵犯呢?我是郑国人,国难当头,一定要设法解救。"于是,他急急忙忙回到了客栈,但赶回去报告,时间已来不及了。

弦高在客栈一面火速写了一封信,把这事报告国君;一面把自己装扮成郑国的外交使者,穿上华丽的衣服,另外挑选了12头大肥牛,前往迎接秦国的军队。

弦高到达延津(今河南偃师县南),遇见了秦军的前锋。他拦住去路,神色自若地高声喊道:"郑国的使臣求见!"士兵当即通报孟明视。孟明视忙派人接见郑国的使臣,还亲自问他:"你贵姓?到这儿干什么?"使臣回答道:"我叫弦高。我们国君听说三位将军要到敝国来,特派本使臣赶快带上12头肥牛,在此敬候将军,这一点小礼物不能算是犒劳,不过给将士吃一顿表表敬意罢了。我们的国君说,敝国蒙贵国派军队保护郑国的北门,我们不但非常感激,而且自己更加谨慎小心,不敢懈怠,请将军放心!"孟明视随机应变说:"我们不是到贵国去的何必如此费心,你就请回吧!"弦高这个"使者"交上肥牛后,再三拜谢孟明视,从原路返回。

但孟明视万万没想到,上了弦高的大当。他和副将西艺术、白乙丙商量:"郑国派使臣来犒劳,这证明人家已经有了充分的准备。现在秦军偷袭郑国的计划已被识破,再去强攻,结果凶多吉少。我军既然远道来了,总不能空着手回去。"于是,他们改变行动方向,下令向滑国发起进攻。滑国是个小国,又没有防备,不久便被秦军灭亡了。

郑穆公接到弦高的报告,便派人去探察杞子、逢孙和杨孙的动静。果然,秦国驻军正在紧张准备,厉兵秣马,一片大战前气氛。郑穆公当机立断,派人对杞子说:"将军在敝国可够累了。孟明视的军队已经到了滑国,你们怎么不跟他们一块去呀?!"杞子等听了,自知军机已经泄漏,不宜久留,就连夜带着人马溜走了。

弦高这个普普通通的贩牛商人,舍财纾难,计退秦军,保卫了自己祖国的安全。郑国国君为了嘉奖他的卓越功劳,决定赏他一些土地和白银,但弦高婉言谢绝,仍然做他的贩牛生意去了。

屈原遭贬未敢忘忧国

每逢阴历五月初五,我国人民都有包粽子的习惯,南方有些地方还举行龙舟比赛,据传这都是为了纪念楚国伟大的爱国诗人屈原。

屈原是战国后期思想家和诗人。当屈原20多岁时,就参加了当时战国七雄之一楚国的朝政,不久就出任楚怀王的"左徒",仅次于宰相。楚怀王经常与他共商国事,命他起草重要文告,接待来往宾客,深得怀王信任。屈原想通过辅佐怀王来实现其统一中国的愿望,主张对内举贤任能、彰明法度,对外东联齐国、西抗强秦,让楚国强盛起来,从而实现统一中国的宏愿。但是,屈原在怀王面前的得宠和其才能却遭到了一些贵族官僚的嫉妒,他们想方设法挑拨离间,使怀王免去了屈原"左徒"的官

屈 原

职,改任三闾大夫,只管些鸡毛蒜皮的小事,然而忠心爱国的屈原虽遭贬,仍关心楚国的前途。当时另一个强盛的国家秦提出秦楚两国联姻,并要楚怀王到秦会面。屈原识破了秦的阴谋,恳切劝告怀王不要到秦国去。然而,怀王不听屈原忠谏,一意孤行,一到秦国即被扣留,楚被逼割地,丧权辱国,不久楚怀王忧愤成疾,客死秦国。楚怀王死后,顷襄王继位,朝廷内

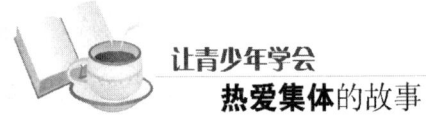

的官僚们更加排挤屈原，屈原被削职流放。

在当时，有才能的人如果在本国得不到重用，其抱负不能实现，就往往周游列国，去寻找开明的君主。屈原有时也想索性离开楚国，但一想起楚国人民的灾难便打消了这个念头，他还以"狐死必首丘"（狐将死时，其头朝向生身地的小山）的典故来表明自己宁可死去也不离开祖国的爱国情操。

流放期间的屈原并没有为自己受到不公正的待遇而伤感，而是经常因感到楚国政治腐败和国运危殆而暗自伤神，但他并没有绝望，始终坚持自己的政治主张，决不向腐朽的势力妥协，还一直盼望楚王重新起用他来整治危亡的楚国。在20余年漫长的流亡日子里，他走遍了楚国各地，广泛地接触了大众，怀着忧国忧民之心，写下了一篇篇动人的诗章。在长达370多句的长诗《离骚》中，尖锐地揭露了楚国腐朽的官僚们的丑恶嘴脸，表达了他追求崇高理想的坚贞意志和深挚的爱国主义感情。"长太息以掩涕兮，哀民生之多艰"、"路漫漫其修远兮，吾将上下而求索。"成为屈原哀怜人民艰苦生活、不懈追求真理的千古绝唱。

忠臣被贬，奸臣得势，使楚国一天天衰落下去。公元前278年，秦兵攻下了楚国之都郢。消息传来，屈原不禁感慨万端，写下了悲壮的诗篇《怀沙》："知死不可让，愿勿爱兮。"（意思为：我面前只有死路一条，为了追求真理，我绝不吝惜自己的生命）他为自己强盛祖国的伟大政治抱负终难实现，祖国的危亡终难挽回而感到绝望。

这一年的阴历五月初五，长沙附近的汨罗江畔，屈原面容憔悴，心潮起伏，这位楚国的爱国忠臣深怀忧国忧民之情，投身江中，以表达自己永远热爱祖国故土的一颗纯洁之心！当滚滚的江水吞噬掉这具伟大身躯的时候，屈原才刚过花甲之年。

楚国人民永远热爱屈原，当他们听到屈原投江的消息，纷纷划着船去抢救，但为时已晚；楚国人民又不忍心让汨罗江的鱼去吃屈原的五脏，就赶回家去包了很多味道精美的粽子投向河里——鱼儿吃饱了也就不会去吃屈原的尸体了。当然，这仅是传说，但这些传说不正表达了人民对屈原爱国主义情感的肯定和褒扬吗？

"屈平词赋悬日月，楚王台榭空山丘"（屈原的诗歌像日月一样高悬天际，楚王的楼台馆阁却变成一片荒丘）。两千多年过去了，屈原的崇高品格依然被人们怀念和敬仰。

卜式捐财

汉武帝刘彻在位时，多次与匈奴作战，并决心解除其对汉朝的威胁。河南有个叫卜式的人，主动向当地官府捐献钱财，支援对匈奴的战争。武帝很惊奇，以为他有什么要求，于是派使者去问他道："你三番五次给国家捐款，是不是想求一官半职呢？"

卜式回答："我多少还有一些田地和牲畜，家人足以糊口，再说，我自幼耕种放牧，感到很满足、很快乐。对于做官那一套，我一点也不熟悉，并不愿做官。"

使者又问："那么，是不是你家有什么冤枉，想以此引起官府注意，加以申诉？"

卜式又摇头道："我在乡间几十年，从未与乡邻发生过争执。乡邻中贫穷的，我给他钱财；有不好行为的，我教他学好，所以乡邻都与我友好相处，我又哪里受过什么冤屈？"

使者越发奇怪，问道："那你为什么捐款？"

卜式说："天子决意消灭匈奴，我以为有才干的人应当到边关冲锋陷阵，为国效力；而像我这样有一点财产的人，则应在钱财上大力支援。这样，有力的出力，有钱的出钱，匈奴就会被消灭了。"

使者回报武帝，武帝对卜式很赞赏，决定给他很高的荣誉，以此带动百姓的爱国热情。于是任命卜式为中郎，赏赐良田十顷，布告天下。

苏武北海牧羊难移爱国志

自汉朝建立后，北方的匈奴不断向南骚扰，汉对匈奴进行了繁频的战争。公元前101年，新单于（匈奴最高首领）且鞮侯继位，表示愿意同汉朝和好，并将送回战争期间扣押在匈奴的汉朝使者。为了酬答匈奴和善的姿态，汉武帝决定派使者出使匈奴，以示和好。

这个使者就是苏武。他于公元前100年协同副使张胜，及100多名士卒浩浩荡荡地向北开进，去执行西汉王朝光荣的使命。

苏武怀着和好西汉与匈奴关系的美好愿望，出长城、踏荒原、过沙漠，来到了匈奴，先是拜见了且鞮侯单于，转达了汉武帝的问候，然后献上礼品，递交了释放匈奴使者的名单。当苏武一行完成这光荣的使命，正欲返回西汉故国时，一场大灾难降临到这位爱国者身上。

原来，汉朝有个官员卫律，背弃汉朝投奔匈奴后，被匈奴单于封为丁灵王。卫律的一个部下同卫律有矛盾而同苏武的副使张胜是老朋友，他同张胜商量准备射杀卫律，挟持单于之母逃归汉朝。正当苏武一行打点行囊准备返回汉朝时，张胜他们的计划败露。且鞮侯单于闻听此事勃然大怒，囚禁了全部汉朝使者。

卫律受单于的指派受理这个案件，并劝苏武投奔匈奴，苏武义正言辞："我是汉朝使者，若屈辱了国家的使命，活着也没有意义。"说罢愤然抽出佩刀自刎，鲜血喷涌，晕倒在地。苏武自杀未遂，伤愈后，卫律再次劝降。卫律和颜悦色地"现身说法"："我原来是汉朝的臣子，现在归顺匈奴，享不尽的荣华富贵，单于很赏识你，何乐而不为呢？"苏武听了，怒不可遏："你这个背叛祖国的无耻之徒，还有什么脸来见我？"

单于和卫律无计可施，就把苏武幽禁在一个地窖里，不供饭食，以使苏武屈服。但苏武想到自己的使命，决不屈服，也不应该默默地死去，他饿了用嘴嚼身上裹着的毡毛，渴了就伏在地上吞食雪块，几天大雪漫卷的冬日过去了，苏武仍顽强地活着。单于见这种办法仍不能制服苏武，便交给苏武一群公羊，将他单独放逐到荒无人烟的北海边（今贝加尔湖附近）去放牧，并交代苏武："等到公羊产出羔来，你就可以回去。"要想公羊产羔，岂不比登天还难？

辽远的北海，人迹罕至。苏武孤身只影在荒原上牧羊，既无粮食，又无衣被，是那颗热爱祖国的赤子之心，使他奇迹般地在北海渡过了19个寒暑。

单于劝降不成，又让苏武北海牧羊，他认为苏武渡过一段牧羊的苦难之后会回心转意，便令苏武的旧友李陵（原来是汉朝的武将，后降匈奴）再去劝降。李陵劝苏武道："现在你回汉朝的路已经断绝了，徒然葬身异国旷野，纵有一片爱国之心，又有谁知道呢？"苏武马上声色俱厉地反唇相讥："臣民之于祖国，犹如儿子之于生身父母，儿子为父母而死，虽死无憾！"李陵听后喟然长叹，这位西汉故臣竟也忍不住潸然泪下。

公元前87年，汉昭帝继位。又过了几年，匈奴发生内乱，新单于知道匈奴已无力南进，便又派出使者出使汉朝，表示愿意议和，汉昭帝也派出使者到匈奴去，要求放还苏武。后来经过重重曲折，匈奴才将苏武放还。

公元前81年春，被匈奴羁留了19年的苏武回到了久别的故都长安，原先带去的100多位使者，只剩下9个了；19年前苏武还是一个强壮的青年，现在已须发皆白了。人们可以看出，苏武的身体经过近20年的苦难岁月衰弱了很多，但他那颗爱国之心却依然在强劲有力地跳动着！

朱伺为国不顾家

朱伺是晋朝人，60多岁了，任职竟陵内史（相当于太守，掌一郡民政）。晋元帝司马睿建武元年（公元317年），他随同荆州刺史（州的最高行政军事长官）王廙讨伐杜曾。杜曾原是晋臣，任镇军参军（即镇军将军府的幕僚）。东晋刚建立，政局不稳，他便趁机起兵，割据一方，称王称

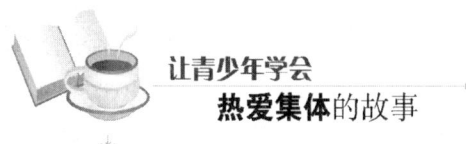

霸。此次，他见官军势力强大，表示愿意投降，并表示愿意消灭其他割据势力来将功赎罪。王廙信以为真，便放过杜曾，向荆州方向进兵。

朱伺曾和杜曾共过事，深知杜曾的为人，他提醒王廙说："杜曾是个十分阴险狡猾的家伙，他外表表示屈服，骨子里其实另有打算。他分明是想引诱官军西上荆州后，袭击官军的后方扬口镇。最好将计就计，重新部署，主力暂时不可西上。"

王廙是个刚愎自用的人，根本听不进朱伺的劝告，反而认为朱伺年老胆小，一家大小都在扬口镇内，不愿离家远行。因此照旧带兵西上。朱伺唯有摇头叹息。

王廙走后不久，杜曾果然重新叛变，向扬口镇进击。王廙这才知道上当，急令朱伺还救。朱伺不敢怠慢，带了一部分人马，十万火急赶回，刚进入扬口镇，杜曾大兵已到，把城团团围住，水泄不通。

有个叫马隽的人，在杜曾手下为将，也来参加攻城。他的妻子儿女都在扬口镇内。有人把他们抓来，要剥了脸上的皮，在城头示众。朱伺不同意，说："杀掉他们，又不能解围，不过更激怒马隽罢了，没有什么好处。"下令放掉。抓的人本已拿出明晃晃的利刀就要下手，现在只好泄气地把利刀插进鞘里。不过人们都怀疑，朱伺是否要以此讨好马隽，给自己留一条后路？

杜曾发动进攻，很快打进北门。朱伺拼力组织抵抗，身上多处负伤，后仓促退入船中。不料水道又被叛军封锁，船开不出去。叛军大喊投降，一些人见无路可走，束手就擒。朱伺却凿穿船底，钻了出去，不顾伤痛，在水中潜行50余步，终于逃脱了敌人的追捕。然后找了一匹马，向王廙大军驰去。

杜曾派人在后面追赶，大叫着劝说朱伺："马隽非常感激你保全了他的妻子儿女，现在我把你一家大小百余口全部交给了他，他已收下，并尽心保护照顾，安然无恙。欢迎你也来吧！"

当时，天下动荡，许多人轻于去就。朱伺却回答说："我已经60多岁了，不能和你一起做贼，落个不忠不义之名。我即使死了，也是晋朝的鬼。至于老婆孩子，你愿意怎么办就怎么办吧！"断然拒绝了杜曾的诱降，回到

10

王廙大军，不久即因伤势过重而死。但他为国不顾家的精神却长久记在人们心里。

祖逖"闻鸡起舞"一心北伐

祖逖，生于266年，死于321年，河北范阳遒县（今河北涞水）人，字士雅。他是东晋名将，有志于恢复中原而致力北伐的民族英雄。《定兴县志》载，他的父亲祖武，任过上谷（今河北怀来县）太守。祖逖的生活由几个兄长照料。祖逖的性格活泼、开朗。他为人豁落，讲义气，好打不平，深得邻里好评。他常常以他兄长的名义，把家里的谷米、布匹捐给受灾的贫苦农民，可实际上他的哥哥们并没有这个意思。著名的"闻鸡起舞"就是他和刘琨的故事。

"喔，喔——"公鸡的啼声，划破了大地的寂静。

正在沉睡的祖逖被唤醒了，慢慢睁开惺忪的睡眼，他望了望窗外，用脚蹬了一下刘琨，说："喂，鸡叫了，咱们快起来舞剑，锻炼身体去吧！"

刘琨翻了个身，揉了揉模糊的眼睛，埋怨道："该死的公鸡，怎么半夜就叫起来了？"当时是东晋时代，半夜鸡叫被认为是不吉利的事儿。祖逖听了，不以为然地说："信那个干啥？半夜鸡叫有什么不好的，它可以提醒咱们别睡过了头，耽误了宝贵时间。"他们一边说着，一边起床穿衣服，然后各自操起宝剑，来到外面空旷的草地上，便开始了舞剑。星光闪闪，晨风习习，两个人在不遗余力地苦练着，早已是汗涔涔的了。

由于他们怀着为国献身的远大志向，所以坚持天天闻鸡舞剑，这样，既炼就了一身武艺，也增强了身体素质。

西晋被匈奴灭亡后，晋元帝在江南建立了小朝廷。

渡江以后，左丞相司马睿让他担任军谘祭酒。祖逖住在京口，聚集起骁勇强健的壮士，对司马睿说："晋朝的变乱，不是因为君主无道而使臣下怨恨叛乱，而是皇亲宗室之间争夺权力，自相残杀，这样就使戎狄之人钻

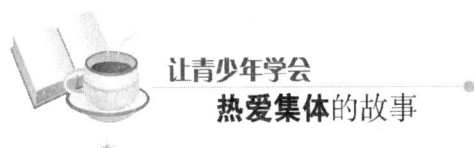

了空子，祸害遍及中原。现在晋朝的遗民遭到摧残伤害后，大家都想着奋发杀敌，大王假如能够派遣将领率兵出师，使像我一样的人统领军队来光复中原，各地的英雄豪杰，一定会有闻风响应的人！"司马睿一直没有北伐的志向，他听了祖逖的话以后，就任命祖逖为奋威将军、豫州刺史，仅仅拨给他千人的口粮，三千匹布，不供给兵器，让祖逖自己想办法募集。祖逖带领自己私家的军队共一百多户人家渡过长江，在江中敲打着船桨说："祖逖如果不能使中原清明而光复成功，就像大江一样有去无回！"于是到淮阴驻扎，建造熔炉冶炼浇铸兵器，又招募了两千多人然后继续前进。

于是，他率领队伍过了长江，打了胜仗，为国家立下汗马功劳。

陆游的戎马诗情

南宋嘉定二年（公元1209年）十二月二十九日，浙江山阴（今绍兴）镜湖旁的一所宅院的常犀里，一位生命垂危的老人，在弥留之际，艰难地从床上挣扎起来，让家人拿过纸笔，用颤抖的双手写下了一首诗：

死去原知万事空，

但悲不见九州同。

王师北定中原日，

家祭无忘告乃翁。

纸上的墨迹还潮润欲流，老人便合上泪眼，与世长辞了。

这首诗就是千古传诵的《示儿》，这位老人就是著名的爱国诗人陆游。

陆游童年时，金王朝女真族大举南侵，祖国山河，四分五裂，中原人民，妻离子散。陆游还在襁褓之中，就随同全家逃避兵乱，流离转徙，困苦万状。他的父亲是一个有强烈爱国主义精神的文官，曾和广大军民一道进行过反抗侵略的斗争。后来，宋王朝偏安江南，屈膝妥协，苟且偷生，主张议和投降。而广大的人民和许多忠臣义士，坚决主张抗击侵略，收复中原。绍兴十年，岳飞大败金兵，赵构、秦桧连下十二道金牌，将岳飞调回，以莫须有的罪名下狱致死。看到这种情况，爱国志士痛心疾首。陆游的父亲和朋友们在一起聚会，总要谈到人民生灵涂炭、金人残暴肆虐的情景，常常气得咬牙切齿，谈到秦桧的卖国行为，更是个个怒发冲冠，拍案痛骂。客人走后，陆游的父亲经常一个人呆呆地坐着，黯然落泪。这一幕幕动人肺腑的情景，给陆游上了一堂堂生动的爱国主义教育课。陆游呼吸着时代的气息，决心长大了雪耻御侮，收复失地。

为了效力国家，陆游和其他封建社会的知识分子一样，也走上了科举的道路。29岁时，他到当时的京都临安科考，被取为第一。谁料秦桧的孙子秦埙也参加了考试，名列第二。秦桧一心让孙子当状元，看到这个名次后勃然大怒，竟公然把陆游的名字抹掉，还要办主考官的罪。秦桧死后，陆游直到34岁时才开始做官。他一心想亲临前线，直接做些抗战的工作，可是由于当时主和派在朝廷占了上风，他长期被派到遥远的南方福州宁德县任主簿。后来，又在朝廷担任枢密院编修官，起草法令、文件。他一有机会就上书朝廷，苦谏北伐。后来由于北伐失利，加之他又揭发了皇帝亲信大臣结党营私的罪恶，引起了孝宗的不满，便把他调到建康、镇江任通判。这时主战派张浚正在镇江操练军队，构筑工事，准备迎击敌人的南侵。陆游同他过往甚密，积极为他出谋献策。可是，腐败的朝廷，为向敌人表示议和的"诚心"，罢免了张浚。陆游愤然上书，那些卖国贼乘机给他加上了一个"鼓唱是非，力说张浚用兵"的罪名，罢了他的官。陆游在家闲居了4年，才又调到四川夔州任通判，接着又到四川宣抚使王炎部下任干办公事。王炎是一个抗战派的领袖，对陆游十分器重。他们的驻地南郑，同金人占据的关中地区仅一岭之隔。陆游来到前线，精神抖擞，意气风发；他苦读兵书，演兵习武，不辞劳苦，不畏艰险，亲临前线，视察军情。他曾身披铁甲，提刀跃马，横渡渭河，去奇袭敌人。但是，正当他们积极准备抗战的时候，朝廷却把王炎调回了临安，陆游也被调到成都任参议官。他依依不舍地离开战场。

陆游的政治抱负没有实现，但是他在几十年的风雨生活中，却把自己雪耻御侮的理想，收复失地的决定，对投降派的痛恨，对广大人民的热爱，对抗战将士的崇敬，对中原父老的同情和怀念，都写进了他的诗篇。他慷

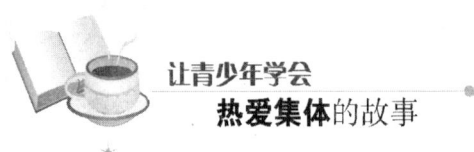

慨悲歌，唱出了那个时代的最强音，成为一个杰出的爱国主义诗人。

他的诗，内容丰富，爱国情切，触及到南宋社会生活的各个方面。有的表达了杀敌报国的豪情壮志，如："平生万里心，执戈王前驱。战死士所有，耻复守妻孥！"他还写道："僵卧孤村不自哀，尚思为国戍轮台。夜阑卧听风吹雨，铁马冰河入梦来。"在《书志》一诗中，他甚至表示，生不能歼敌，死了肝心也要化为金铁，铸成利剑，来除佞臣、清妖孽："肝心独不化，凝结变金铁。铸为上方剑，衅以佞臣血。……三尺粲星辰，万里静妖孽。"有的诗倾泻了他"报国欲死无战场"的悲愤。如"辜负胸中十万兵，百无聊赖以诗鸣。谁怜爱国千行泪，说到胡尘意不平。"、"胡未灭，鬓先秋，泪空流！此生谁料：心在天山，身老沧州！"有的诗记叙了劳动人民盼望朝廷出师北伐的殷切希望。如"中原干戈古亦闻，岂有逆胡传子孙！遗民忍死望恢复，几处今宵垂泪痕！"、"三万里河东入海，五千仞岳上摩天。遗民泪尽胡尘里，南望王师又一年！"有时，一缕烟尘，一声雁唳，也勾起他的无限感慨："自恨不如云际雁，来时犹得过中原。"有的诗是对投降派的血泪控诉、无情揭露和谴责。如"公卿有党排宗泽，帷幄无人用岳飞！"、"和戎诏下十五年，将军不战空临边。朱门沉沉按歌舞，厩马肥死弓断弦！……"、"诸公可叹善谋身，误国当时岂一秦？不望夷吾出江东，新亭对泣亦无人！"

陆游的诗词，不仅饱含着崇高的爱国主义的思想感情，同时通过优美的形式，表现了巨大的艺术力量。他一生写过近3万首诗，其中流传下来的就有9000多首，是中华民族五千年历史上留下诗篇最多的人。

诗画寓意爱国志

南宋末年，出了一个爱国的画家，名叫郑所南。宋朝为元人灭后，他弃官隐居江南，耕种薄田为生。

郑所南擅长画兰草。在宋朝亡后的日子里，他心中积满了忧愤，为了表达自己思国思民的痛切感情，他画的兰草全部离地露根。起初，人们不解其意，感到惊奇，不知这位画家为何画出这样荒唐的兰草。当时，有人问他："为什么你画的兰草不长在土里呢？"所南悲愤地答道："地为番人所夺，哪还有土可长？"人们才恍然大悟，知道他是以画寄志。他所以要画露根的兰草，表明自己誓死不当亡国奴，因此，就连笔下画的兰草，也不愿扎根于宋朝亡后的土地上。

不仅如此，郑所南还坐则面朝南，卧则头向南，夏天的伏日，冬天的腊日，必南向而拜。他在《心史》一书中，又通过诗句抒发自己的思国之情，书中有一首诗这样写道：

纵使圣明过尧舜，

毕竟不是真父母。

千语万语只一语，

还我大宋旧疆土。

郑所南的画和诗，真切地反映了一个有民族气节的艺术家热爱祖国的崇高思想和品德。

销烟雪耻壮国威

林则徐，清末政治家，是我国近代史上值得纪念的民族英雄。耸立在天安门广场中心的人民英雄纪念碑上铭刻着的第一幅浮雕《虎门销烟》的壮丽场面，就生动地记录了由林则徐领导的，在近代中国人民英勇反抗外国侵略者取得的第一次重大胜利。

"犹闻洋泊逞天骄……珠海何年蜃气消"。这是100多年前，伟大的爱国主义者林则徐面对烟毒泛滥，民生凋敝的景象，为抒发自己愤懑的心情而写的诗句。

1838年，以英国为主的外国商人走私到中国的鸦片已达4万余箱。鸦片无情地吞噬着人们的健康肌体，同时使中国的大量白银流向国外。对这

杀人不见血的鸦片，中国人民深恶痛绝，痛斥鸦片为"妖烟"，鸦片贩子为"番鬼"。大家坚决要求扫净烟患，发出了要跟英国侵略者算账的吼声。

这时，身为湖广总督的林则徐毅然上书道光皇帝，痛切指出鸦片的危害。他指出："鸦片流毒天下，为害甚矣，法当从严，若犹泄泄视之，是使数十年后，中原几无可以御敌之兵，且无可以充饷之银。"

道光看了奏章后，用朱笔在上面加了圈。他感到了问题的严重：军队是坐天下的命根子，士兵没有战斗力，怎能抗击敌人！粮饷是维持统治的基础，基础不牢，也是不堪想象的。为了保住自己的统治，他采纳了林则徐的主张，决定禁烟，并任命林则徐为钦差大臣，前往禁烟斗争的最前哨——广东查禁鸦片。

林则徐到达广州后，广泛听取各方意见，注重深入调查，充分掌握了广东方面有关走私鸦片的情况，便下令查封了广州所有的烟馆，并传讯垄断对外贸易的洋行商人，命令他们将禁止走私鸦片的布告立即带到洋馆，向外商宣读。在布告中林则徐严正斥责外商贩卖鸦片的罪恶行径，要求他们报明存烟实数，限3天内缴出，不得有丝毫偷藏。要求每个外商写下"永不敢夹带鸦片，如有带来，一经查出，货尽没官，人即正法"的书面保证。

各国鸦片商从未见清朝官员表示过如此坚决的态度。英国烟贩先是采用搪塞敷衍、欺骗贿赂，甚至恫吓手段，想迫使林则徐屈服。然而，他们的种种阴谋均未得逞，无奈，才陆续交出鸦片。

1839年6月3日，广州虎门晴空万里，海滩上人山人海。虎门滩上两座50米见方的大池子里灌满了卤水，池边堆放着2万多箱洋商交出的鸦片，价值白银800多万两。下午2时，林则徐登上虎门海滩的礼台，在隆隆的礼炮声和群众的欢呼声中，震撼世界的虎门销烟壮举开始了！

这时，搬运工人川流不息地把一箱箱鸦片倾倒进大池里，鸦片被盐卤泡透后，再抛下石灰。顿时，池水翻滚，烟雾腾起。不久，烟消雾散，池水平静下来。随之，涵洞闸门齐开，销化的鸦片渣沫，随着潮水哗哗地泄进了茫茫的大海。此刻，成千上万的民众，迸发出一片欢呼声，而平日趾高气扬的洋商们，却惊讶得目瞪口呆。

销毁鸦片的工作连续进行了 23 天，到 6 月 25 日，230 多万斤鸦片全部被销毁。在这 23 天中，偏僻的虎门海滩变成了闹市，人们激昂的情绪胜过虎门的海涛。

虎门销烟，揭开了中国人民百年来反抗侵略斗争的光辉篇章。它一洗列强给予我国的耻辱，并向全世界表明中国人民纯洁的道德和反抗外国侵略者的坚强意志。

张自忠的民族气节

1937 年 4 月，已兼任天津市市长的张自忠奉命以冀察平津军政工商考察团团长身份，率团赴日本考察、访问。这期间，张自忠不忘民族自尊，保持民族气节，体现了一个爱国军人的尊严。有一次，考察团前往名古屋参观。到达名古屋的当天，张自忠接到中国驻日大使馆的电报，称中国驻日大使许世英已回国述职，次日名古屋国际博览会开幕，请张自忠代表中国大使主持中国馆的揭幕仪式。下午 3 点，张自忠派两名随员先去了解博览会的情况。两人回来汇报说："中国馆的对面是伪满洲国馆，并挂有伪满洲国国旗。"张自忠一听，火冒三丈，立即派人向日方交涉，明确指出："东北是中国的领土，我们不承认什么'满洲国'，博览会把一个所谓的'满洲国'馆放在中国馆的对面，是对中国的极大侮辱，必须立即予以撤除；否则，中国考察团将立即回国，取消参加日本天长节的计划。"张自忠的坚决态度，使日本政府感到了一定的压力。因为中国考察团参加日本天长节的计划早已呈报天皇，如果张自忠届时退出，并率团回国，对日方将是一个极大的不利，天皇追问下来也难以交待。拖延至当晚 8 点，日方被迫同意关闭

张自忠

伪"满洲国"馆，降下伪"满洲国"国旗。这样，张自忠才于次日上午主持了中国展览馆的揭幕仪式，并参观了展览会。张自忠维护了中国政府的尊严，打击了日本及伪"满洲国"的气焰。

在日本考察期间，日方曾提出所谓"中日联合经营华北铁路，联合开采矿山"的要求，并企图逼张自忠在中日经济提携条约上签字。张自忠洞察日方的阴谋，断然拒绝，并决定提前率团回国，结束了在日本的考察。

回国后，同年五月，英国领事馆在天津举行宴会庆祝英皇加冕。在来宾席位的安排上，日本驻屯军司令田代皖一郎坚持要当"最高来宾"。张自忠对此大为愤慨，他强硬地对英国领事表示："英界乃中国领土。日军驻津系不平等条约的产物。国际场合，不能喧宾夺主。若以田代为最高来宾，中国方面决不出席。"最后，张自忠以"最高来宾"的身份出席宴会，挫败了日方的阴谋，又一次维护了中国的尊严。

蔡廷锴为"永安堂"做广告

"永安堂主人胡文虎君，热心救国，仁术济人，其所制'虎标'万金油、八卦丹、头痛粉、清快水诸药品，治病灵验，早已风行海内，众口同称。此次本军在沪抗日，胡君援助最力，急难同仇，令人感奋。书此以留纪念。蔡廷锴"

这是当年第十九路军军长、抗日名将蔡廷锴将军，为爱国华侨、缅甸医药巨商胡文虎先生写的一则广告。但它又不同于一般的"名人广告"，因为它不是以金钱为目的的，而是凝结着两位爱国志士在"一·二八"淞沪抗战中的一段袍泽深情。

"九·一八"事变后，日本帝国主义妄图占领上海并以之为基地进一步侵略中国。1932

蔡廷锴

年1月28日晚11点30分，日本海军陆战队悍然出兵，向闸北一带发动猛攻。镇守于京沪铁路以北至吴淞宝山一线的十九路军第七十八师翁照垣旅首先同日军接火，"一·二八"淞沪抗战遂告爆发。在全国抗日怒潮的推动下，这场局部抗战得到了上海人民的踊跃支援，蔡廷锴指挥十九路军浴血奋战，坚守防线34天，使日军死伤万余人，四度撤换司令官。

就在十九路军与上海人民同仇敌忾保家卫国的时候，就在蔡军长殚精竭虑组织作战的时候，就在日本帝国主义大兵压境的时候，某些利欲熏心的商人，居然想到利用民众对抗日将领的爱戴之情，盗用蔡廷锴的威名大做广告。有家食品公司竟擅自将蔡廷锴在别处的签名印作一种所谓健胃茶的广告，曰："民众的前卫——蔡廷锴，民众的福星——麦蒂茶。"当然，此等奸商的狡猾之举，只会招来公众的唾弃。当时军务繁忙的蔡廷锴根本无暇计较。不过，就在这一时期，蔡廷锴倒主动为一位商人作了一则广告，此人就是缅甸华侨胡文虎。

胡文虎生于广东罗定县，与蔡廷锴同乡，早年随父侨居缅甸，在仰光创办了专营药品的仰光永安堂。胡文虎的产业虽然在海外，但他那颗赤子之心却无时无刻不牵挂着祖国。"九·一八"事变后，胡文虎率先于仰光华商界组织发起了抗日救国活动，向东北抗日义勇军捐款捐物。"一·二八"淞沪抗战爆发时，胡文虎正在上海，他目睹了日寇侵略者的凶残和十九路军的英勇反击，被十九路军官兵的抗日爱国精神所感动。他利用自己在上海医药界的声望和关系，多方奔走，四处募集作战急需的药品，在抗战的一个多月中，先后给十九路军前线运送了4批，其中很大一部分是永安堂生产的"虎标"牌药品。民族抗战的大业，使胡文虎结识了蔡廷锴，他们之间的友谊也随着抗日的炮火而愈发深厚。

1932年2月底，淞沪抗战进入最紧张的阶段。攻占上海的日军又得到了增援，总兵力达9万人，军舰80艘，飞机300架，并改由前陆军大臣白川义则大将指挥，而国民党南京政府却不予支援，使蔡廷锴的十九路军处境更加困难。与此同时，胡文虎的药品生意也面临着沉重的债务压力，尽管如此，他还是千方百计募集了一大批药品送往前线。利用短暂的战斗间隙，胡文虎在十九路军的司令部见到了蔡廷锴，两位好友面对日寇的猖狂

气焰和南京政府的不抵抗态度,感慨万千,心情异常沉重。蔡廷锴表明了誓死抗战的决心,说:"我十九路军驻在上海,当有守土之责,于吴淞抗战一月,我军从上到下的态度是一致的——一、但祈战死,不求生还!二、见一敌人,杀一敌人!三、必死一个敌人而后自己死!身为中国军人,别的都不如人家,只有为祖国去光荣地死的机会比别人多。不平等的国际地位要求我们去死,不自由的民族命运也要求我们去死,我们只有用死去争取自由和平等。这是我们的光荣,是我们的追求!"他顿了顿继续说道:"在这次作战中殉国的弟兄,已经完成了他们的使命,对此,我们没有悲伤,有的只是羡慕。因为他们是幸运的,他们的生命已溶化在整个民族中而获得永生。我们活着的应该追随着他们的血迹前进,我们有决心坚守在抗日的最前沿。"蔡将军的一席话,使胡文虎备加钦佩。临别之际,蔡廷锴再三感谢胡文虎的慷慨支援,觉得应该赠送一点什么东西,但环顾四周,除了墙上的地图和桌上的电话纸墨以外,别无它物。于是,他拿起毛笔,沉思片刻,奋笔疾书,写下了本文开头的那段话,并工工正正地盖上了自己的朱红印章。然后恭手递予胡文虎,以表谢忱。

1932年3月3日,十九路军抗战终因政府卖国求荣被迫撤出上海。5月5日,南京政府与日本侵略者签订了屈辱的《淞沪协定》。为了表示对蔡廷锴和十九路军将士的敬仰,胡文虎将蔡廷锴手书的这段话,连同自己经营药品的商标一起,作为广告刊登于1932年的《申报杂志》上,并特意写明:"良药信誉,得英雄一言而益彰"。这既是广告,又是抗日宣传品,足见胡文虎这位华侨的支持抗战的良苦用心。

大战平型关

"七七"事变以后,不可一世的日本帝国主义扬言要在3个月内灭亡中国。国民党军队全面败溃,一退千里。就在这民族存亡的危急时刻,我英勇的八路军从陕甘宁边区东渡黄河,开上了抗日前线。八路军所属的一一五师挺进山西东北部，准备迎击进犯山西的日寇。

9月23日，我军进入离平型关30里的冉庄。为了打掉敌人的气焰，稳定战争局面，一一五师师部决定给进犯平型关的日寇板垣师团以歼灭性的打击。当时，我军与国民党友军商定，由国民党军队在平型关作正面防御，我军一二九师掩护雁门关一线，一一五师主力利用平型关天险伏击敌人，等敌人正面进攻平型关时，从侧面和背后给敌人以歼灭性打击。

24日早晨，我军侦察员从前方传来报告说，敌人大队人马正在向平型关方向运动。当天晚上，一一五师选定敌人进犯平型关的必经之路——平型关至老爷庙长20里的山沟为伏击地，并下令部队在当晚12点向平型关进发。

那天夜里，乌云密布。我八路军战士出发不久，倾盆大雨便从天而降。跟着山洪也暴发了。战士们为了不暴露目标，走的全是山沟和石径。天黑得伸手不见五指，山路崎岖不平，不时还有水流湍急的山溪挡道。经过几个小时的艰苦行军，我军终于在拂晓之前按时赶到了目的地，埋伏在平型关以东两侧的山坡上。

平型关

25日天刚麻麻亮，山沟里传来了汽车马达声。过了一会儿，只见长长一列汽车队载着日本侵略军和军用物资，沿着山沟里的公路从东朝平型关方向开来。汽车队后面是大车队，大车中间夹杂着骡马驮着的大炮。最后是日本人的骑兵队。只见敌人车马连成一线，车声辚辚，马蹄锵锵，一路黄尘飞扬，好不耀武扬威。这就是由灵邱方向开来的日本板垣师团第二十一旅团。这支敌军共有4000多人，有汽车100多辆，马车200多辆。

等敌人主力部队进入我军的伏击圈内，传来了战斗号令：

"攻击开始——打！"

战士们盼望已久的歼敌时刻来到了。手榴弹、机关枪、迫击炮一齐射

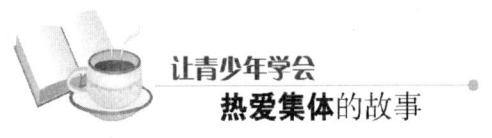

向了敌人。充塞在公路上的日本鬼子兵立刻人仰马翻，搅成一团。打头的一辆汽车被我军击中起火，敌人前进不得。后面是几里长的车队，敌人又后退不得。顿时人挤翻了车，马踏倒了人，山沟里一片混乱。

平型关北坡也同时发起了攻击。

山沟里响起了激烈的枪炮声。我军发动突击，勇敢地从山坡上向山沟里的敌人冲去。10多里长的山沟里到处是激烈的拼杀，遍地是战斗的硝烟。敌人东奔西突，无路可逃，眼看着被我八路军分割成几段，成了瓮中之鳖。

陷入包围圈的敌人凭借装备上的优势，负隅顽抗。有一部分敌人向山上冲来，企图抢占一个制高点。我军当即派出一部分兵力，奔上半山坡的老爷庙，从那里居高临下，把敌人重新压回山沟里。

然后，我军战士冒着敌人的枪林弹雨，发起冲锋。他们以漫山的巨石为掩体，边打边下，一直冲到公路上，同敌人展开了肉搏战。一时间，公路上枪托飞舞，马刀闪亮，刺刀见红，杀声震天。拼杀了大约半个小时的时间，敌人终于被我军战士扣得躲到了汽车底下，战斗进入胶着状态。

这时，天上出现了敌人的飞机。看来，日寇企图轰炸我军的阵地。但是由于此刻敌我双方短兵相接，敌人的飞机不敢盲目投弹，只好空转了几个圈子，又无可奈何地飞走了。

激战到下午1点钟左右，我军的增援部队赶来投入了战斗。一场围歼战开始了。我军呐喊着扑向敌人，把分割成几段的敌人一段一段地夹击围攻，彻底消灭在平型关以东的山沟公路上。战斗结束以后，再登上平型关公路两侧的高山上，向夕阳映照下的战场望去，只见10多里长的山沟中，遍地充斥着被打烂的汽车、被烧毁的汽车，到处狼藉着日本士兵的尸体和死马。泛着白光的公路上流淌着敌人的污血，山坡上、公路边、汽车下、大车旁撩着30多个血肉模糊的日本兵。

这一仗，我军缴获野战炮1门，机关枪20余挺，步枪1000余支，掷弹筒20多个，战马50多匹，其他军用物资不计其数。

平型关战役是中国抗战开始以后取得的第一次大捷。它粉碎了"日本人不可战胜"的神话，挫败了日本侵略者进攻的锐气，鼓舞了全国军民的抗战热情，增强了人民抗战必胜的信心，使八路军的威名声震全国。

以和为贵，精诚团结

> 一燕不能成春。
> ——克雷洛夫
>
> 我们知道个人是微弱的，但是我们也知道整体就是力量。
> ——马克思

将相和睦

战国时代，一天，赵国的国都十分热闹，赵王亲自加封蔺相如为上卿（即丞相）。这是国君之下最大的一阶官职。殊不知蔺相如原本是赵国宦官头目缪贤的一个门客。在秦王找借口欲大兴兵马攻打赵国之时，由于文武大臣个个束手无策，才推荐蔺相如出面。于是他只身勇走秦国，不辱使命。这就是"完璧归赵"的故事。后来在渑池会上，相如强逼秦王击缶，大灭秦国威风。秦国看到赵国还有这等人物，未敢轻举妄动，又一次拯救了赵国。这样，相如才由一个小小门客被赵王封为上卿，官职在廉颇之上。

廉颇呢？他是赵国的老臣，能征惯战，勇猛无敌，对国家忠心耿耿，在百姓心目中德高望重。此外，廉颇其人心直口快，好强气盛，喜怒皆行于色，大家对他那暴躁的脾气也都十分敬畏。

让青少年学会热爱集体的故事

而蔺相如不仅有胆有识，且心细过人。在朝廷上赵王加封自己时，他已察觉到廉颇在旁一言不发，面带不悦之色，心里就明白了七八分。他料想，今后廉颇会处处为难自己，可是他更清楚国家当前的处境：许多消息表明，强大的秦国几次欲灭赵国都未曾得手，哪肯甘心？如今正冷眼旁观，伺机再犯赵国。自己和廉颇是赵王的左膀右臂，如果两人闹矛盾，将对国家万分不利。这实在是国家危亡之大事，决不能感情用事或草率从事。想到这里，相如心中已有打算。

果不出蔺相如所料，廉颇回到府中，越想心中越有气。他反背双手来回踱步，声如洪钟地对左右说："我乃是赵国的大将，多少次领兵攻城破敌，出生入死，几十年屡立战功，才有现在的地位。那蔺相如，他……他本来是个卑贱的人，只靠两次铤而走险，只凭着能说会道……可现在他竟然职位比我还高，这可让我把脸往哪儿搁？我不甘心呀！"左右之人也都窃窃私语，为主人鸣不平。这时忽听廉颇咬牙切齿地说道："你们传出话去，以后我如见到相如，一定要羞辱于他！"

可是后来一段时间，廉颇总是找不到机会。为什么呢？原来每当相如、廉颇一起上朝，相如就称病在家，这样就避免了由于站位次序的高低而引起不快和矛盾。有时相如在外办事，远远见到廉颇的车马过来，就急忙让车夫改道绕行。

这天，相如乘车外出办事，正在沉思，忽听前面一声马嘶，接着传来阵阵马蹄杂沓之声。相如抬头望去，只见一队人马有三四十人，向这边疾驰而来。打头一人骑在马上犹如半截铁塔，一手按剑，一手扬鞭，两眼圆睁，双眉倒竖。身后一面火焰般的大旗，书一斗大"廉"字。路上行人纷纷退开。啊，这可真是狭路相逢。眼看马队转瞬就到，相如念头如飞，大声叫道："车夫，拐上右面小道，快！"车夫不敢怠慢，急转马头，马车一阵颠簸，已行在一条叉路上。相如还来不及回头，就听得身后一阵急促的马蹄声疾驰而过，掀起一阵尘烟。

这时，相如的门客可沉不住气了："这真是欺人太甚！"、"将军，您为什么这样呢，您的位子在他之上，理应他让路嘛！"、"这也太不像话了，他廉颇哪里像个老臣？"、"将军，您未免太过胆小了。"一阵气话过后，只听有人伤心地说："将军，我们之所以远离家人投奔到您的门下，只是因为仰慕您的高尚品德，现在您比他地位只高不低，可就因他扬出恶言，您就总躲着让着，叫我们这些人都感到羞耻，何况大人您呢？"、"是啊，我们太无能了，您让我们走吧！"

相如待大家发泄完，用手正正发冠，心平气和地开导部下说："秦王的威风大吧，可我在他的殿中厉声叱责于他，又辱没他的大臣，难道我真会惧怕廉将军吗？你们知道，秦国现在不敢对赵国动武，只因为有我和廉将军一文一武。我们如同赵王的左右两手，如果两只手干起架来，就要被人当胸一拳打来，而无防守之力了。"相如做了个手势，又语重心长地说道："我所以这样做，就是以国事为重，个人恩怨又算得了什么呢？"

这番话很快传到廉颇的耳中。廉颇听后，先是十分震惊，待慢慢平静下来，左思右想，渐渐醒悟，深感内疚。他想：蔺相如虽是从一平民到此地位，但人家能以国事为重，深明大义，不计个人恩怨，心胸开阔，真是一个堂堂的男子！而自己身为赵国栋梁，朝廷老臣，在当下的时局中却如此因私忘公，只因面子问题就……唉，跟他相比，我的心胸是何等狭隘啊！就这样，后悔不已的廉颇赤裸上身，背负荆棘，步行到蔺相如府上谢罪认错，这就是流传久远的"负荆请罪"的故事。

羊角哀与左伯桃让生

春秋战国时代，有一年冬天，寒风呼啸，大雪纷飞。在走兽绝迹、飞鸟潜踪、人烟稀少的千里荒原上，有两个相互搀扶的年轻人，正跌跌撞撞地、艰难地走着。这两个人是一对挚友：一个叫羊角哀，一个叫左伯桃。

当时，各诸侯为了争夺土地，扩大势力范围，连年发动战争。频繁的战争，闹得民不聊生，人民生活在水深火热之中。羊角哀和左伯桃对人民深为同情，决心施展自己的才干，救民于水火。他们听说楚庄王是个贤明的国君，两个人就相邀投奔楚庄王。谁知却陷在这风雪茫茫、渺无人迹的

千里荒原上。前不着村，后不着店，寒冷、饥饿、长途的跋涉，使体质本来就不大好的左伯桃病倒了。

羊角哀和左伯桃陷入了绝境。疾风知劲草，患难识忠诚。在危难时刻，羊角哀对左伯桃说："我扶你走吧。你放心，我绝不会丢下你，要死咱俩也死在一起！"羊角哀搀扶着左伯桃艰难地走着……两天过去，左伯桃越走越吃力，羊角哀也精疲力竭了。羊角哀好不容易才把左伯桃扶到一棵大空心树下，暂避风雪。

风狂雪猛。羊角哀用身体替左伯桃挡着风雪，身冷、腹空，左伯桃喘着气，他觉得自己连站立起来的力量都没有了。左伯桃对他说："角哀，荒原千里，风雪无边，与其我们两个人都冻饿而死，不如救活一个。我看，你一个人快走吧，我是实在不行了，别再连累你了。"羊角哀一听，急了："你说的是什么呀，伯桃！你放心，我背也要把你背到楚国去！"说着，羊角哀俯下身子就要背左伯桃，左伯桃双手搭在羊角哀的双肩上，说："你的心意我领了。角哀，救民于水火是我们两个人共同的理想，不论这个理想是咱们两人共同实现的，还是一个人去实现，那都算达到目的了，你说是不是呢？"羊角哀点点头，说："当然，当然！伯桃，那就这样，你就带了咱们剩下的这点干粮奔楚国去吧。"左伯桃连连摇头，用微弱的声音说："角哀，你的本领比我强，应该你去楚国！"

两个人真诚地相让。他们都想把生的机会让给对方，把死亡留给自己。最后，左伯桃还是说服了羊角哀。

两个人一起走，肯定谁也走不出那千里荒原，共同的理想终要破灭。共同理想决定了他们只有这一选择了。羊角哀抱着左伯桃放声痛哭，左伯桃催他赶快上路，羊角哀要把所剩干粮留给左伯桃，左伯桃决意不要……羊角哀怀着极为沉痛的心情诀别了他的朋友。

羊角哀赶到楚国后，受到楚庄王的重用，他连忙带人回到荒原，发现左伯桃已冻死在空心树里。他埋葬了好友的尸体，痛哭而别。

楚庄王知道这一切以后，深为左伯桃的精神所感动，对左伯桃的死难表示极为痛惜，下令奖恤了左伯桃的妻儿。

后来，羊角哀在楚国干出了一番事业。他一直在深深地怀念着他的挚友。每当祭日，他都面对千里荒原，朝远方深深一拜，默默祷告："伯桃，我一定要实现咱们共同的理想！"

田文不恕吴起

战国时候，魏国是"七雄"之一。

魏国强大起来是与大政治家、军事家吴起分不开的。

吴起，原是卫国人。他几经周折，来到魏国。魏国国君魏文侯十分高兴，因为，魏文侯一直希望能有一位善于领兵打仗的人，以使魏国渐渐强大起来。魏文侯下令召见吴起。吴起身着书生服装来会见魏王。魏文侯打量着文诌诌的吴起，脸上不高兴地说："你是吴起？你能议论富国强兵之事？哼，我可不感兴趣！"

吴起知道魏文侯不信任自己。他笑了笑，整整衣襟，坐下从容地说："您一年四季常常派人去捕杀野兽，剥制兽皮，做成红漆皮衣，不知大王要干什么？"

那皮衣是魏王准备的军甲，听到吴起问这个问题，心中一惊。

吴起又问："您打造许多兵器，难道是用来装饰门面吗？还有，那些战车，仅仅是为了打猎吗？"

魏王要富国强兵的心愿被吴起说中了。他十分喜悦，说："吴起果然不凡，了解我的心愿。"

吴起哈哈一笑。

魏王问："既然你了解我的心意，那么，你就讲讲，我该如何去做？"

吴起挺挺胸，从容不迫地说："您做了许多打仗的准备，却不去寻找一位能够指挥打仗的人。这就好比，您让母鸡去斗山猫，让吃奶的幼犬去摸老虎屁股。心愿很好，想要取胜，但结果却是悲惨的。"

魏王说："您是说我应该物色一位能干的指挥官？"

吴起点点头，说："对。需要一个懂打仗的人为您训练军队，带兵

打仗。"

魏文侯十分高兴，伸出胳膊拉住吴起的手，大声说："你就是我需要的人！我下令让你做魏国大将军。"

吴起当了魏国大将军以后，协助相国李悝对国家政治实行改革，并率兵打了几次胜仗，使魏国成为战国早期的最强的诸侯国。

魏文侯死了以后，魏武侯继位。他派吴起到西河去当郡守。吴起将西河治理得井井有条。这样，吴起在魏国的名声更大了。

不久，魏武侯要选一位大臣担任相国。因为吴起威信很高，大家都认为吴起被选中是理所当然的。

吴起私下里想："比一比满朝文武，也只有我适合担任这一要职。"

出人意料，魏武侯在一天清晨向满朝大臣宣布："我命田文担任相国职务。"

田文站起身，上前接过相印，说："感谢您对我的信任。"

这时，众大臣都愣了，大家都转头观看吴起。吴起果然气得满脸通红，显出非常不满意的神气。

退朝之后，大臣们纷纷走到田文面前，说：

"恭贺你荣升相国！"

"祝田相国今后顺利。"

须发皆白的田文哈哈一笑，说："这是魏王对我的信任。其实，田文有什么了不起，今后还要靠大家的支持！"

人们渐渐散去了。

吴起走上前，一把拉住田文，不服气地说："田大人，我想和您比一比，是您的功劳大，还是我的功劳大？"

田文微微一笑，说："唔，可以，可以。"

看到田文平静的态度，吴起更生气了。他怒不可遏地说："您想一想，率领兵士，不怕牺牲，英勇作战，使魏国的敌人闻风丧胆。这些，您与我比，如何？"

田文摇摇头，平心静气地回答："我不如你。"

吴起又问："您想一想，管理百姓，安定民心，使魏国富强起来。这些，您比我如何？"

田文又摇摇头，仍然心平气和地答："我不如你。"

吴起又问："您再想想，镇守西河，使秦国不敢来犯，韩赵两国都听从魏王。这些，您又比我如何？"

田文一点儿也不生气地回答："我还是不如你。"

吴起挥着胳膊，大声问："既然这些你都不如我，而你倒当上了相国，使人们耻笑我，这该怎么解释呢？"田文望着气呼呼的吴起，并不计较吴起的无理，捋了捋胡子，慢条斯理地说："我们大王刚刚就位不久，年纪也轻。大臣们对新王还不肯听从命令，国中的百姓对新王也还不够了解，所以不很信赖。应付这种比较严峻的局面，你也想一想，是你出面当相国好呢？还是我这个老臣出面好呢？"

吴起听了，想到田文说的情况，的的确确，只有像田文这样的老臣才能稳定局面。他明白了，田文是从国家利益考虑的，而自己却过多地想到了自己。

吴起沉默了好一会儿，有些羞愧地说："还是您说得对，大王命您为相国比我要合适啊！"

田文诚恳地说："我不计较个人怎么样，为了国家，希望你我合作。"

吴起连连答应。

从此，两个人互相支持，为魏国的强大携手并进。

相忍为国的寇恂

寇恂是汉朝时候幽州昌平县人，他帮助刘秀开创基业，屡立战功，被东汉开国皇帝刘秀任命为颍川郡的太守。

这时，军事活动还在进行。各部将兵，往往自恃战功，杀掠百姓，寇恂决心绳之以法，整顿社会秩序。

执金吾贾复的部下有一名将官，私自跑到颍川抢劫，并且将事主杀害。

寇恂立即派人追捕，审讯明白后，押解到集市上当众处死。

贾复听说后，怒气不息，以为寇恂扫了他的脸面，决心要给点颜色瞧。不久，他率部路过颍川郡，跟随从人员说："我跟寇恂官职一样，现在却让他给抓了把柄，大丈夫怎能有气不快快当当地出！这就要见到他，一定亲自试试我的宝剑！"

寇恂得知贾复要跟自己计较，就跟属官说："我还是回避一下为好。"谷崇说："我原是带兵的出身，可以携带我的剑护卫你，倘如贾复真的蛮干，让我来收拾他。"寇恂连连摆手说："你这想法不对。从前赵国的蔺相如对秦王毫不惧怯，却一再对廉颇退让，还不是为了国家利益？爱国人人有责，我怎能意气用事？"

于是，寇恂立即派人张罗酒食，招待过境的贾复部队。自己在大路旁迎接，不久，推说有病，避了开去。

刘秀知道了这事，出面为两人调解。寇恂执法不挠，却又相忍为国，感动了贾复，两人从此结为好友。

昭君出塞

王昭君原为汉宫宫女。公元前54年，匈奴呼韩邪单于被他哥哥郅支单于打败，南迁至长城外的光禄塞下，同西汉结好，约定"汉与匈奴为一家，勿得相诈相攻"。并三次进长安入朝，向汉元帝请求和亲。王昭君听说后请求出塞和亲。她到匈奴后，被封为"宁胡阏氏"（阏氏，音焉支，意思是"王后"），象征她将给匈奴带来和平、安宁和兴旺。后来呼韩邪单于在西汉的支持下控制了匈奴全境，从而使匈奴同汉朝和好达半个世纪。由呼韩邪单于杀兄（攻打哥哥郅支单于）可见在那个时代亲兄弟明算账；权利的魅力无法挡。

西汉到了汉宣帝当皇帝的时候，汉朝又强盛了一个时期。那时北方的匈奴由于内部相互争斗，结果越来越衰落，最后分裂为5个单于势力。其中有一个单于，名叫呼韩邪，一直和汉朝交好，曾亲自带部下来朝见汉宣帝。汉宣帝死后，元帝即位，呼韩邪于公元前33年再次亲自到长安，要求同汉朝和亲。元帝同意了，决定挑选一个宫女当公主嫁给呼韩邪单于。

后宫里有很多从民间选来的宫女，整天被关在皇宫里，很想出宫，但却不愿意嫁到匈奴去。管事的大臣很着急。

这时，有一个宫女毅然表示愿意去匈奴和亲。她名叫王嫱，又叫昭君，长得十分美丽，又很有见识。管事的大臣听到王昭君肯去，急忙上报元帝。元帝就吩咐大臣选择吉日，让呼韩邪和昭君在长安成了亲。单于得到了这样年轻美丽的妻子，又高兴又激动。临回匈奴前，王昭君向汉元帝告别的时候，汉元帝看到她又美丽又端庄，可爱极了，很想将她留下，但已经晚了。

据说元帝回宫后，越想越懊恼，自己后宫有这样的美女，怎么会没发现呢？他叫人从宫女的画像中再拿出昭君的像来看，才知道画像上的昭君远不如本人可爱。为什么会画成这样呢？原来宫女进宫时，一般都不是由皇帝直接挑选，而是由画工画了像，送给皇帝看，来决定是否入选。当时的画工给宫女画像，宫女们要送给他礼物，这样他就会把人画得很美。王昭君对这种贪污勒索的行为不满意，不愿送礼物，所以画工就没把王昭君的美貌如实地画出来。为此，元帝极为恼怒，惩办了画工。王昭君在汉朝和匈奴官员的护送下，骑着马，离开了长安。她冒着塞外刺骨的寒风，千里迢迢地来到匈奴地域，做了呼韩邪单于的妻子。

昭君慢慢地习惯了匈奴的生活，和匈奴人相处得很好。她一面劝单于不要打仗，一面把中原的文化传给匈奴，使匈奴和汉朝和睦相处了60年。昭君死后葬在匈奴人控制的大青山，匈奴人民为她修了坟墓，并奉为神仙。

郭子仪和李光弼不计私怨

唐朝时候，郭子仪、李光弼一同在朔方节度使安思顺属下当部将。两人之间有些矛盾，在一起也互不说话。范阳节度使安禄山发动武装叛乱时，

唐朝政府提拔郭子仪继任朔方节度使,统兵抵御。这样一来,李光弼就成了郭子仪的部将。想到两人的关系,郭子仪心里很是不安。这时,唐朝皇帝又传来旨意,命令郭子仪即日率部出征,李光弼担心郭子仪会寻机报复,便硬着头皮向郭子仪认错,说:"过去我不好,得罪了您,今后不管怎样处置我,我都不抱怨,只希望不要报复到我的老婆孩子身上,总可以吧?"没等李光弼说完,郭子仪赶忙离开座位,跑了过来,紧紧抱住了李光弼,满眼含泪地说:"现在是什么时候,国家危急,百姓遭难,正需要我们一起去效力,特别是需要你这样的人才,难道我们还像过去那样鼠肚鸡肠、计较个人恩怨吗?"

看到郭子仪如此心怀坦荡,不计个人私怨,李光弼深受感动,当下和郭子仪对拜了几拜。然后,带队请战。从此,将帅协同,在平息叛乱的战斗中,战功卓著。

中华民族好男儿

胸前挂满民族团结奖章的士官艾力慢慢地擦着六连荣誉室的奖牌,控制不住,泪水包围了他的眼睛。他在这个集体里,生活、工作了8年,可是没多久他就要脱下这身军装,离开这个集体了。

凡是在六连生活过、工作过的官兵,没有因为走出这个"大家庭",而忘记兄弟之情、养育之恩;没有因为衣服"变"了色,而失去奋斗的精神、军人的本色。因为大家热爱这个集体,忠于党渴望做中华民族的好男儿。

"我是六连的兵",在很多官兵眼里是一件很荣耀的事情,可是对于维族战士卡哈尔、哈族战士努尔兰来说,却是一件羞于启齿的事情。因为他俩考入乌鲁木齐陆军学院后,文化成绩相对落后,这时学校政治理论教员偏偏又组织大家,学习"民族团结好六连"的先进事迹,你说让他俩咋敢自报家门?那不是给六连抹黑嘛。两人商议决定,等各方面都做出成绩后,再"亮剑"。

于是,他俩相互帮助,勤奋学习,刻苦训练,半年后双双成为优秀学员,都当上了学员队的区队长。这回,他们终于可以自豪地告诉大家:"我是六连的兵。"

副指导员艾尼4年来,一心扑在工作上,一晃就到了29岁,却还是一个"单身贵族"。着急的父母多次托人说媒,他不是没时间见面,就是接触时间太短,每次都没了下文。去年2月,父母又带了一个女孩子来部队相亲,两人情投意合,父母的心也放下了。

7月份,女孩子家人要求艾尼回家,赶快定婚,不然就吹。父母也不断地打电话,叮嘱他千万要重视,不能再耽误了。这时,连队正在野外驻训,艾尼考虑到连队干部力量薄弱,没法回去,向父母讲明原因后,又一心投入到工作,没有同女方联系。

就这样两个月过去了,心急如焚的父母看拿儿子没有办法,便写信向连长、指导员求助,连长又立刻向上级反映,为艾尼办了休假手续,让他回家定了婚。

艾尼为了六连可以不顾及个人的婚姻大事,艾尔肯为了这个集体也能够献出生命。他在1977年9月施工时,写了一份遗书,被连长无意中发现。艾尔肯写道:尊敬的连队党支部,目前国防坑道施工任务重,加之水源紧缺、地势险要,沙土地塌方严重,如果我有不测,恳请连队党支部批准我加入中国共产党。

在六连每一个官兵的体内,都流淌着对这个集体深深的爱。

无论哪个历史时期,六连的官兵都保持着高度的政治觉悟,都保持坚定鲜明的政治立场,始终听党话、跟党走,做忠诚的革命卫士。被兰州军区授予"优秀士官"荣誉称号的党员班长吐尔逊·肉孜在外地执行任务时,利用休息时间,写下"加强民族团结,维护祖国统一"的标语,张贴在墙上、树上和电线杆上等,积极向当地的民族群众宣传。

恰克力别克通过写信和打电话的方式,先后5次告诉家人和乡亲:"分裂分子就像昭苏大草原上的豺狼,他们虽然花言巧语,但是时刻都紧盯着我们的草原和羊群,没安好心,我们要雄鹰一样擦亮自己的眼睛,看清分

裂分子的本质。"

1997年,当艾尼瓦尔得知姐姐参与了分裂活动时,他一边向连队汇报,一边连夜写信要求姐姐立即停止,主动投案自首。他在信中说:"党和人民帮我们翻身做了主人,让我们过上了好日子,你怎么能帮坏人把自家羊往狼窝里赶呢?"

艾尼瓦尔的姐姐这时恍然醒悟,在父母的陪同下,到公安局自首了。她还因为提供了重要的破案线索,得到了宽大处理。

"正是因为有一个个这样的忠诚卫士,才构成了民族六连这样一个忠于党、忠于人民的集体。"师长田福平语气坚定,目光炯炯有神。

"石头再硬,没有六连官兵的骨头硬。"流传了很多年的这句话,一直激励着六连官兵奋勇向前。新的时代里,连队的官兵个个苦练技术,掌握技能,争当中华民族的好男儿。

重名、同字是民族六连的一大特色,这给工作、生活带来了一点小小的不便,但是又为美好的军营生活增添了一些快乐的元素和一股向上的动力。六连有四个战士叫买买提,更令人惊讶的是他们的女朋友、姐姐也都叫古丽。于是,四个古丽分别鼓励各自的买买提一定要在部队好好地干,一定要在重名、同字中出类拔萃。

4个买买提得到四个古丽的期望后,达成了一个协议:决不能给共同拥有的名字丢脸。从此,4个买买提生活中依然是亲兄弟,可是在学习上、训练中等方面都较上了劲。到了年底,4个买买提分别向四个古丽,交出了一份满意的"答卷":塔城的买买提打破全团5公里越野纪录,荣立三等功;库尔勒的买买提当上了班长,入了党;大喀什买买提由于军政素质较好,被评为了优秀士兵;小喀什买买提也因为表现出色,受到了嘉奖。

汉语和维语是民族六连的"官方语言",个别官兵甚至精通三四种语言。连长叶尔兰以前用维语讲课,回族战士马新武反映听不懂后,他便认识到汉语的重要性,开始刻苦学习汉语。他掌握汉语后,实行双语授课,使每一名战士都能够听懂。他还买来汉语学习书籍,找来教师上课,考试评定等级,使官兵汉语水平提高很大。

老兵复员期间，有些战士担心回到地方语言不通，不好找工作。连长就组织汉语学习，开设电脑学习班，由汉语水平高的战士担任教员，使很多老兵拿到了汉语等级评定书。直到老兵复员的前一天，连长还在组织老兵学习汉语。

　　因团结一心，水威力无比，汇聚成江海浩浩汤汤，荡今涤古，乘风便起浪。轰轰烈烈，激浊扬清。在一个集体中你不是一个过客，更不是一个旁观者，每个人都是集体的主人，每一个人都应该担起自己的责任，每个人都应该为这个集体增添一丝光彩，每个人都应该为集体做出一点奉献，如果每个成员都向前进步一点点，那么必将带动这个集体向前迈进一大步。

心系人民，心向祖国

> 如果说我看得远，那是因为我站在巨人们的肩上。
> ——牛顿
>
> 我不应把我的作品全归功于自己的智慧，还应归功于我以外向我提供素材的成千成万的事情和人物。
> ——歌德

不卑不亢的晏子

晏子出使楚国。楚国人想侮辱他，因为他身材矮小，楚国人就在城门旁边特意开了一个小门，请晏子从小门中进去。晏子说："只有出使狗国的人，才从狗洞中进去。今天我出使的是楚国，应该不是从此门中入城吧。"楚国人只好改道请晏子从大门中进去。晏子拜见楚王。楚王说："齐国恐怕是没有人了吧？"晏子回答说："齐国首都临淄有七千多户人家，人挨着人，肩并着肩，展开衣袖可以遮天蔽日，挥洒汗水就像天下雨一样，怎么能说齐国没有人呢？"楚王说："既然这样，为什么派你这样一个人来作使臣呢？"晏子回答说："齐国派遣使臣，各有各的出使对象，贤明的人就派遣他出使贤明的国君，无能的人就派遣他出使无能为力的国君，我是最无能的人,所以就只好出使楚国了。"

晏子将要出使楚国。楚王听到这个消息,对身边的侍臣说:"晏婴是齐国善于辞令的人,现在他正要来,我想要羞辱他,用什么办法呢?"侍臣回答说:"当他来的时候,请让我们绑着一个人从大王面前走过。大王就问:'他是干什么的?'我就回答说:'他是齐国人。'大王再问:'犯了什么罪?'我回答说:'他犯了偷窃罪。'"

晏子来到了楚国,楚王请晏子喝酒,喝酒喝得正高兴的时候,公差两名绑着一个人到楚王面前来。楚王问道:"绑着的人是干什么的?"公差回答说:"他是齐国人,犯了偷窃罪。"楚王看着晏子问道:"齐国人本来就善于偷东西的吗?"晏子离开了席位回答道:"我听说这样一件事:橘树生长在淮河以南的地方就是橘树,生长在淮河以北的地方就是枳树,只是叶相像罢了,果实的味道却不同。为什么会这样呢?是因为水土条件不相同啊。现在这个人生长在齐国不偷东西,一到了楚国就偷起来了,莫非楚国的水土使他喜欢偷东西吗?"楚王笑着说:"圣人是不能同他开玩笑的,我反而自取其辱了。"

晏子出使吴国时,吴王对手下说:"寡人听说晏婴善于言辞,熟悉礼制,等晏婴晋见寡人时,命接待人员以天子尊称寡人。"第二天晏子进宫见吴王,命人通报,通报人说:"天子有令,命晏婴晋见。"晏子显出局促不安的样子,通报又人说:"天子有令,命晏婴晋见。"晏子几次显出局促不安的样子,说:"我受齐王之命出使吴国,不知怎么搞的怎会来到周天子的宫廷,请问到底这个世界上有没有吴王呢?"吴王立刻说:"夫差有请。"于是以合于诸侯身份的礼仪接待晏子。

爱国外交家曾纪泽

曾纪泽是曾国藩之子,字劼刚,号梦瞻,湖南双峰人。

1839年,曾纪泽出生在原湘乡县荷塘二十四都白玉堂旧宅(今属双峰

县荷叶镇天坪村）。其时，曾国藩中进士后"乞假居家"，正逢"起行赴京"之日，曾纪泽呱呱落地了。第二年夏，随母进京，在父亲身边严受家训，接受了良好的启蒙教育。

在曾国藩的循循诱导下，曾纪泽异常刻苦认真，打下了牢固的国学根底，他还下苦功涉猎西学的数学、物理、化学、天文学等，刻苦攻读外语，能用英语交谈，以英文写作和核改文件，研究西方科学文化，弥补了其父在这方面的不足。在如何做人方面，曾纪泽受父亲的教诲也很多。曾国藩在家书中对子孙寄予的最大希望是：

曾纪泽

"凡人多望子孙为大官，余不愿为大官，但愿为读书明理之君子。"君子的标准，就是"勤俭自持，习劳习苦，可以处乐，可以处约，此君子也"。他告诫曾纪泽："宜举止端庄，言不妄发。"同时，从小应不贪爱奢华，不习于懒惰，这对官宦人家子弟尤其重要，因为"凡仕宦之家，由俭入奢易，由奢返俭难"。

1878年，出使英法大臣郭嵩焘被撤回国，由曾纪泽继任。郭嵩焘与曾国藩有"金兰之谊"，是儿女亲家，是曾纪泽理所当然的长辈，他写诗勉励将上任的曾纪泽："十洲天外一帆驰，踪迹同君两崛奇，万国梯航成创局，数篇云海赋新诗。罪原在外功何补，状不如人老更悲，要使国家根本计，殷勤付托帐临歧。"寄予了对曾纪泽的厚望。3月，曾纪泽上任出使英、法等国，开始了他8年的外交生活。在任期内，他刻苦攻读英语法语，注重了解各国历史及国情，研究国际公法，考察西欧各国工商业及社会情况。他还将使馆由租赁改为自建，亲自负责图书、器物的购置，务使使馆规模不失大国风度，亦不流于奢靡，使馆落成，他亲书一联悬挂大门："濡耳染目，靡丽纷华，慎勿忘先子俭以养廉之训；参前倚衡，忠信笃敬，庶可行圣人存而不论之邦。"这种谦虚谨慎和为政清廉的作风，深为外国所敬重。

在曾纪泽出使任内，巴西在1879年通过驻英公使与曾纪泽联系，谋求与中国建交通商，并欲招募华工。曾纪泽审时度势，积极建议清政府与巴西建交通商，开创了中巴友谊建交的先河。

1880年正月，曾纪泽除任驻英、法大臣以外，还兼任驻俄大臣，赴俄谈判收复伊犁地区问题。在此之前，崇厚因在赴俄谈判中擅自签订《里瓦几亚条约》，丧权辱国，被革职拿问，朝野哗然。曾纪泽这次出使，举国瞩目，他立下决心："障川流而挽既逝之波，探虎口而索已投之食。"他到达俄国首都圣彼得堡后，前后谈判达10个月，正式会谈辩论，有记录可查者51次，反复争辩达数10万言。他力挫强暴据理力争，先后击败了俄国外交大臣吉尔斯及外交顾问热梅尼这两名狡诈的外交老手，使他们在谈判桌上理屈词穷，又巧妙化解了沙皇政府以武力威胁的阴谋。1881年2月14日，终于达成《中俄改订条约》（即《中俄伊犁条约》），使中俄长达10年之久悬而未决的伊犁争端得以解决。除了将伊犁九城长600里、宽200里的土地收回外，还把崇厚原约中被沙俄强行割去的乌宗岛及伊犁南境特克斯河一带长400里、宽200余里的领土全部收回；还挽回了崇厚原约中塔、喀边界的大部份地界，废除了俄人可到天津、汉口、西安等地进行经济活动诸条款，废止了俄国在松花江行船、贸易、侵犯中国内海主权等规定。

当时英国报纸评论："俄人力求广地，日肆狼贪，所据疆域，未有得而复失者，有之，自伊犁始。"由于曾纪泽敢于反抗沙俄压力，在尖锐复杂的外交谈判中表现出杰出的沉着机智才能，加上左宗棠的军事部署和中国人民反对沙俄的斗争，终于从"虎口"中抢出了部分国权，中俄伊犁交涉，中国终于取得胜利。

1883年，曾纪泽任驻法公使。第二年，中法战争爆发后，他极力抗议法国政府的无端挑衅，主张"坚持不让"，"一战不胜，则谋再战；再战不胜，则谋屡战"。他与法人争辩，始终不屈不挠，虽在病中，犹坚守岗位，进行斗争。1884年三月，曾纪泽卸去驻法大臣职。不久，晋兵部右侍郎，仍为驻英、俄大臣。几经周折，他与英国议定《洋烟税厘并征条约》，为清政府争得每年增加烟税白银200万两的财政收入。

曾纪泽在其出使8年的外交生活中，恪守"替国家保全大局"的信条，

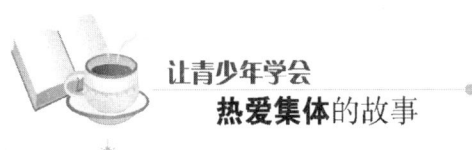

威武不屈，不卑不亢，不畏列强强暴，坚决维护国家的主权与尊严，力争民族利益，在"弱国无外交"的窘境中，为中国近代外交事业做出了可贵的贡献。

黄遵宪质问美国官吏

黄遵宪是清末著名爱国诗人、外交家、政治活动家和教育家。在中国近代史上，他是一位走在时代前面，对我国近代史进程产生过影响的人物。

黄遵宪曾出任晚清驻外使馆官员达十四五年之久，足迹遍及亚、美、欧、非四大洲。在长期的外交生涯中，他不仅能在自己的职权范围内尽量做一些有益于侨民及维护国家主权的工作，还非常注意考察西方近代的政治、经济、军事和文化教育制度。他在任驻日公使馆参赞期间，总结明治维新的经验，编撰了40卷、50万言的《日本国志》，同时写下了近200首记叙当地人情风俗和政治动态的《日本杂事诗》，是近代中国人最全面最系统地研究和了解日本的巨著。康有为、梁启超等维新派，就是通过这两本书了解到日本人向西方学习有成效而提出变法主张的。

在日本期间，黄遵宪看到了日本企图吞并琉球和侵略台湾的扩张阴谋，提出应以强硬手段对付日本，并提出解决琉球问题的具体策略，主张通过斗争求得和平，以共御西方势力东侵，维护亚洲的和平稳定。1882年至1885年间，黄遵宪调任驻美国旧金山总领事，面对美国种族主义掀起的排华浪潮，他作为一个贫弱国家的外交官，敢于向种族主义者展开面对面的抗争。

有一次，美国官员借口华侨住所不清洁，违反卫生条例，便野蛮地把一些华侨拘禁起来，并对他们施行残暴的刑罚。

黄遵宪亲自到拘禁华侨的监狱，做了一番实地调查。然后，他指着肮脏的监狱，义正辞严地质问美国官吏说："这里的卫生状况，难道比华侨住所的好吗？"一句话，把美国官员问得哑口无言。黄遵宪据理力争，美国官吏只好把无辜的侨胞从监狱里放了出来。

杨儒舍命拒俄约

杨儒是清代铁岭人。隶汉军正红旗。同治六年（1867年）举人。光绪十四年后先后任江苏镇海道道员、浙江温处道、安徽池太道、四品卿、驻美公使兼西班牙和秘鲁公使、太常寺少卿、俄、奥、荷三国公使、工部右侍郎在驻俄公使中全权受命与俄谈判，力争我国主权。

1900年，乘八国联军侵略中国之际，沙俄悍然出动17万军队，强占了中国东北三省。11月，盛京将军增祺与沙俄私下签订了一个以"交还"奉天为名，实则由俄人控制东三省的《奉天交地暂且章程》共9条密约。朝廷得知增祺私下与俄签约，大为震怒，宣布《章程》无效，并将增祺革职。1901年初，清朝任命驻俄公使杨儒为全权大臣，与沙俄谈判收复东北三省问题。俄不肯轻易放弃到口的肥肉，杨儒之艰难可知。他不畏强权，据理力争，大义凛然，针对沙俄所言条约是为保清国主权而言："既言保我自主，何兵权、利权、命官权而不予？既称不利土地，何以东三省不为中国版图？"经杨儒据理力争，沙俄应允另立正约。

1月4日，杨儒会见维特，进行交收东三省之第一次谈判。8日，杨儒与维特第二次会议。杨儒表示《奉天交地暂且章程》"干预内政，侵我主权"，断难接受。17日，杨儒与维特第三次会谈。维特单方面提出交三省种种苛刻条件，杨儒表示此系俄方"因利乘便，以力制人"。19日，杨儒首次与俄外交大臣拉姆斯独夫会谈交收东三省事宜。

20日，奕劻、李鸿章电告杨儒，日本新任驻华公使小村寿太郎表示"各国咸注意俄国举动"，"若东省阴为俄有，英必占长江，德必据山东，日本亦不得不起而争利"。

21日，杨儒与维特第四次会谈。

22日，杨儒与拉姆斯独夫再次举行会谈。拉姆斯独夫再次举行会谈。

拉姆斯独夫要清廷先行批准《奉天交地暂且章程》，再议正约，23日，杨儒与维特第五次会谈。24日，杨儒与拉姆斯独夫第三次会谈。拉姆斯独夫表示如商订正式条约时能"不阻难"俄方要求，可同意废除《奉天交地暂且章程》。

27日，清政府命奕劻、李鸿章商请各国公使劝阻俄国强迫签约。各国不愿俄国独吞东北，接连向俄国质询。杨儒与维特谈判7次，与外交大臣拉姆斯道夫谈判14次，都没有结果。

2月下旬，俄国再一次企图出重金收买李鸿章，并提出"逾期即决裂"的威胁。

2月16日，俄方正式提出议款12条，未经讨论便要杨儒签字。杨儒先后与沙俄财政大臣维特、外交大臣拉姆斯道夫谈判21次仍无结果。杨儒坚决表示，"条款须无损我主权方可签字"。

俄国财政大臣维特和外交大臣拉姆斯多夫以与杨儒私交甚密相笼络，杨儒以祖国利益为重，正告他们："公事与私事是截然两事，中国利益我自应多争一分是一分，方为无愧我心，方为不负使职。"到俄方提出最后约稿后，又一次对杨儒收买利诱，提出若杨儒答应在约稿上签字画押，俄国可在"青泥洼或彼得堡为公置田若干、庐若干，公择一而处之，足以徜徉，终其天年。"杨儒不为所动，严词拒绝。

面对杨儒强硬态度，沙俄以重金收买威逼李鸿章，李鸿章电杨儒"势处万难，不能不允，即酌量画押，勿误"。杨儒仍以"未获确旨"为由坚不画押。维特诱骗说："如果贵大臣能画押，他日政府不能批准，再行作废。"杨儒当即驳道："私自画押，该当何罪？我惜只有一头颅耳！"维特保证："日后如欲加罪与俄签约之人，俄必予保护。"杨儒厉声说："贵大臣何出此言？我系中国官员，欲求俄国保护，太无颜面，如此行为，我在中国无立足之地矣！"

1901年3月26日，拉姆斯道夫提出最后约稿11条，压迫杨画押，不能更改一字。杨儒一针见血地指出："这是想借谈判把霸占合法化。"

杨儒虽然可直面强权而不惧，但身为中国人，面对腐败无能的清朝廷，中国在国际上没有地位，备受列强的欺凌和侵略。但杨儒却要挺起中国人的脊梁，痛斥沙俄言而无信，所作所为完全背离了它所称保全中国主权的承诺，表面上交还东三省，实际上却严重侵犯了中国的主权。他正式向俄方声明："暂约"系一已革职的官员订立，政府全不知情，实属擅行妄订，不能作数。

他在艰难的谈判中，心情极为愤懑，终于身体不支，在一次谈判后回到使馆，刚一下车即跌倒在地，中风不语，次年病殁。

向列强说"不"的顾维钧

顾维钧1888年生于上海。中国在鸦片战争后，一步步陷入列强的侵略包围之中，而上海又是一个中外交往非常集中的地方，顾维钧从小就看到了很多中外不平等的状况，因此从小就有着通过自己的努力来改变中国积弱状况的理想。一次，少年顾维钧经过外白渡桥，看见一个英国人坐着黄包车，急着要去看跑马。拉车上桥本来就累得很，他还用鞭子抽车夫。顾维钧很愤怒，于是斥责这个英国人说："Are you a gentleman？"（你还算是个绅士吗？）后来，顾维钧在回忆录中提到这段往事，并说"我从小就受到这些影响，感到一定要收回租界，取消不平等条约。"

1904年，16岁的顾维钧剪辫易服，远渡重洋，留学美国。他选择了在哥伦比亚大学主修国际法和外交。顾维钧的老师约翰穆尔曾担任美国助理国务卿，有丰富的外交实践经验，他以一个外交官的标准来要求、培养顾维钧。顾维钧在学校成绩非常优秀，曾担任了哥伦比亚大学校刊《了望者》的主编，这对于一名留学生是非常难得的。

接到邀请回国效力

顾维钧在美留学期间，有一次，作为清朝政府特使，后来成为他岳父的唐绍仪访问美国，在大使馆里接见了40位中国留学生，顾维钧作为学生代表致辞。唐绍仪马上就非常欣赏这个年轻的留学生，认为他是一个可造

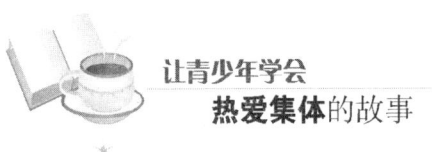

之材。于是，当袁世凯执政，他出任袁世凯的内阁总理时，他立刻向袁世凯举荐了顾维钧。那时，顾维钧博士学位的论文还只写了一个序章，邀请他回国担任总统府英文秘书的信件就寄到了纽约。

学业尚未完成，令顾维钧感到为难，他准备拒绝来自北京的邀请。当他把这一情况告诉导师约翰穆尔，约翰穆尔却不同意他的选择。约翰穆尔对顾维钧说：你学习外交就是为了报效祖国，现在有这么好的机会，你应该抓住。于是他让顾维钧把《序章》拿给他看。看过之后，他告诉顾维钧：单独的《序章》写得就很好，就可以作为博士论文来答辩。在导师的理解和支持下，顾维钧顺利拿到了博士学位，于1912年启程回国赴任。

顾维钧回国后，先是担任袁世凯的英文秘书，后来进入外交部任职，1914年晋升为外交部参事。他的才华在工作中日渐显现。

1914年，第一次世界大战爆发。日本在1915年1月18日，向袁世凯提出了臭名昭著的《二十一条》。顾维钧也正是在这时，第一次正式接触山东问题的对外交涉。

因为害怕其他国家干预，日本在提出《二十一条》时有一个附加条件：不许把中日交涉的有关内容泄露出去。然而，顾维钧感到此时的中国需要外来的支持。于是，他没有征求袁世凯的同意，悄悄把消息透露给了英美。于是，其他国家作出了一定程度的反应，对日本构成了压力。在这种情况下，袁世凯看到对外界作一定透露有助于中国，开始有意地让顾维钧继续透露消息。这一做法最终证明是有一定效果的。由于顾维钧有着留学美国的背景，了解美国历史、政治和文化，又在这次外交中表现出了不凡的勇气和才能，其后不久，袁世凯任命顾维钧为驻美公使。

顾维钧

那一年，顾维钧才27岁，那时的他还有着京城三大美男子之一的美称。

这位年轻英俊的外交官成为了当时中国最年轻的驻外使节，也是华盛顿有史以来最年轻的外国使节。

1918年，第一次世界大战结束，中国是战胜国之一，巴黎和会即将召开。中国从鸦片战争时代开始的漫长寒冬就要过去，在这"公理战胜强权"的时代，将召开的巴黎和会将还中国一个公道，取消半个多世纪以来西方列强强加在中国身上的一切不平等条约。当人们陶醉在胜利的喜悦之中时，顾维钧却正在为爱妻的去世深深悲痛。

巴黎和会上，美、英、法几大国无视中国的反对，也无视他们曾鼓吹的"公理"，将中国山东的权益出卖给了日本，迅速把国人的梦想击得粉碎，国内爱国运动风起云涌。

此时，顾维钧接到了担任全权代表之一的任命。北京政府任命的代表共5人，分别是外交总长陆征祥、南方政府代表王正廷、驻英公使施肇基、驻比公使魏宸组、驻美公使顾维钧。顾维钧因为家事，一度想谢绝任命，但最终，他还是决定为国出使。起程前，顾维钧专程拜访了美国总统威尔逊，威尔逊许诺愿意支持和帮助中国，这让顾维钧对即将开幕的和会多了一份信心和期望。

1918年深冬，顾维钧抵达巴黎。这一年，他30岁。

刚到巴黎，代表团就遭遇到了第一个打击——和会席位问题。各个国家被划分为三等，一等的五个大国英美法意日可以有5席，其他一些国家3席，一些新成立、新独立的国家2席，中国被划为最末一等，只能有两个席位，列强仍然把中国看得很低。

虽只有两个席位，但五位代表可轮流出席。在代表团排名问题上，波澜又起。按陆征祥报送北京的名单，顺序依次为：陆征祥、王正廷、施肇基、顾维钧、魏宸组。然而北京政府的正式命令下达时排名却被换成了：陆征祥、顾维钧、王正廷、施肇基、魏宸组，这就引起了王正廷和施肇基的强烈不满，在代表团中埋下了不和的种子。随着和会的进行，代表团内部的矛盾也在不断升级。

中国准备向和会提出收回山东权利问题，但还没来得及提，日本就先发制人，率先在五个大国的"十人会"上提出德国在山东的权益应直接由

日本继承。大会通知中国代表到下午的会上作陈述。代表团接到通知时已是中午。这对于中国代表团又是一个晴天霹雳。

经过一番周折,确定由顾维钧和王正廷出席。下午的会议作出决定,有关山东问题,由中国代表次日进行陈述,1919年1月28日,顾维钧受命于危难,就山东问题作了一次缜密细致、畅快淋漓的精彩发言,从历史、经济、文化各方面说明了山东是中国不可分割的一部分,批驳了日本的无理要求。在他的雄辩面前,日本代表完全处于劣势。顾维钧在国内外一举成名。

这次雄辩在中国外交史上地位非凡,这是中国代表第一次在国际讲坛上为自己国家的主权作了一次成功的演说。

形势对中国本来十分有利,然而,到了4月,变化陡生。因分赃不均,意大利在争吵中退出了和会。日本借机要挟:如果山东问题得不到满足,就将效法意大利。为了自己的利益,几个大国最终决定牺牲中国的合法权益,先后向日本妥协,并强迫中国无条件接受。这一事件点燃了"五四"运动的火种。

面对如此现实,代表团心灰意冷,名存实亡。和会最后一段时间里,顾维钧独自担当起了为中国作最后努力的职责,一直坚持到和约签订前的最后一刻。

然而,不管顾维钧如何努力,都没有结果,中国的正当要求一再被拒绝。保留签字不允,附在约后不允,约外声明又不允,只能无条件接受。如此情况下,顾维钧感到:退无可退,只有拒签,表明中国的立场。他把这一想法汇报给陆征祥,陆征祥同意了他的意见。

于是,1919年6月28日,当签约仪式在凡尔赛宫举行时,人们惊奇地发现:为中国全权代表准备的两个座位上一直空无一人。中国用这种方式表达了自己的愤怒。签约仪式的同时,顾维钧乘坐着汽车经过巴黎的街头。

这次拒签在中国外交的历史中间,具有里程碑式的意义。中国第一次坚决地对列强说"不",终于打破了"始争终让"的外交局面,最后没有退让。这也是中国外交胜利的起点。以后,中国一步步夺回了丧失的主权。

巴黎和会悬而未决的山东问题,最终在1921年华盛顿会议上得到了解决。经过36次谈判，中日签署了《解决山东悬案条约》及附件，日本无可奈何地一步步交出了强占的山东权益。在这次会议上负责山东问题并最终虎口夺食的，是33岁的顾维钧。

抗日战争结束后中国国民政府收回了全部外国在华租界，中国人扬眉吐气，顾维钧的童年收回租界的梦想终于实现。

这位爱国的外交家，为了维护国家利益和民族尊严，以自己的智慧、修养和爱国热忱，在他的外交生涯中作出了历史性的贡献。

见证民族伤心史的吕海寰

吕海寰无疑是王朝末世的一位有才学有见识的能吏。苦学出身，擅长外交，精于任事，为李鸿章赏识，向朝廷举荐，任驻德国、荷兰两国公使。吕海寰出使德荷，正值八国联军进犯北京的"庚子事变"。德国是八国联军侵华的主要国家，吕海寰的压力和责任也就分外严重。书中可见，往来电文里"曷胜焦愤"一词使用频率极高，固然反映出吕海寰心怀国家主权和利益的坚定立场，也让后人领会到在危机之时，民族大屋之所以屹立不倒的原因和支撑所在。

鲁迅先生在《中国人失掉自信力了吗》一文中说：中国自古就有埋头苦干的人，有拼命硬干的人，有为民请命的人，有舍身求法的人，他们是中国的脊梁！书中披露的吕海寰的心路和作为，是对民族脊梁内涵的具体化丰富。从吕海寰处理教案纠纷，到镇江道任上处理官兵扰民事件，吕海寰心忧民瘼的情怀贯穿一生，而参与创办中国红十字会，致力于日俄战争和辛亥革命中救死扶伤，则把他的苍生情怀推到人生的顶峰。

最令清廷赞许的是，在德国公使克林德被清军枪队射杀、庚子事变后，醇亲王载沣赴德道歉一事上，吕海寰胜任地让清廷使者免去了受辱于人的三拜九叩大礼。在中华民族的自信心和自尊心处于最低谷的历史当口，吕海寰为中国人维护了一些面子，挽回了一些尊严。在载沣拜见德国皇帝的

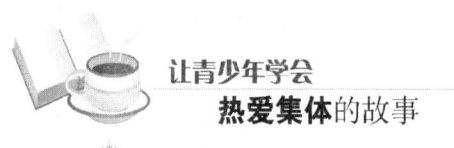

仪式上，由于过度紧张，载沣险些摔倒，是吕海寰适时地搀住了他，并俯在载沣耳边，做出有话与之私语的样子，在众目睽睽的外交场合避免了失态场面的发生。

无论在镇江道任上，还是在苏松太道任上，尤其是出使经历和任会办商约大臣期间，与列强打交道，深化了吕海寰对历史大势的认知，使吕海寰成为那个时代睁开眼睛看世界的清明之士，他一再地发出"强国，强国呀"的呐喊。

他参与中英、中美、中日、中德、中葡商约谈判和博弈，在当时弱国无外交的情势下，再加上朝廷官僚体制僵化腐败，作为朝廷大员之一的他，为民族的主权和利益寝食不安，更显出难能可贵。在中日《马关条约》签订前夕，吕海寰注意到条约中规定：日商在中国设厂生产的商品，即作为洋货遍销中国，"照完半税"。半税还是正税，一字之差会产生巨额税差。在另一条中，准许日人在通商口岸城镇设立货栈、领事馆和工厂，自由经营各种制造业，进口各种机器。"在通商口岸城镇"，可理解为在通商口岸及各城镇也可理解为在通商口岸的城镇，但二者的结果差别巨大。他建议将"照完半税"改为"照完正税"，"通商口岸城镇"改为"通商口岸之城镇"，并密电朝廷。作为时任镇江道的吕海寰并非参与谈判和签字换约的大员，明知割地赔款已成定局，还是瞪大双眼敲打考量，哪怕作出些许挽回和补救。他深深地明白：在与列强的利益争斗中，失之毫厘，将谬以千里，本质上最终伤害的是亿万中国黎民百姓的福祉。

为国献身的飞机制造家冯如

我国第一个飞机制造家是冯如。

冯如1884年出生在广东省恩平县一个贫苦的家庭里。

由于家境贫困，他只读过几年书就停学了，但是他非常热爱科学，常常和小伙伴们用木头、铁钉、火柴盒等材料制造出十分逼真的轮船和各种机器来。

12岁那年，他因家庭实在困难，离开了父母，跟着同乡到了美国做工。

在美国，他一边做工，一边学习机械制造，经过10年的努力，他不但掌握了几十种机械的制造方法，而且还发阴了抽水机、打桩机。

1905年，日本帝国主义和沙皇俄国，因为争夺我国东北三省的利益，竟在我国的东北打起仗来。冯如听到这个消息后十分愤怒，他想，我要制造出飞机来保卫祖国。当时，飞机在世界上刚刚被制造出来，因此，被认为是一种最先进的武器。

冯如

经过8年的努力，1908年4月，冯如制成了第一架飞机，可是在试飞中失败了。10个月以后，他又制造出第二架飞机来，但是飞了几丈高就摔下来了。这时年老的父母写信催他回国，他回信表示："不制成飞机，决不回国！"

为了找到飞机摔下来的原因，他一方面继续钻研飞机的制造技术，一方面留意观察老鹰、鸽子的翅膀结构和翅膀与身躯长度的比例，终于找到了改进的办法。

1910年6月冯如把第三架飞机制造出来了，在国际飞行协会举办的比赛中获得了第一名。

1911年，冯如带着两架他制造的飞机回到了祖国，并在广州燕塘作了飞行表演。这是历史上第一次由中国人制造，中国人驾驶上天的飞机。成千上万的观众欢声雷动。

1912年10月5日，冯如在燕塘作第二次飞行表演。由于出了故障，飞机坠毁，冯如不幸身受重伤。牺牲前，他嘱咐助手说："不要为这次事故丧失信心，要知道，失败和牺牲是难免的。"

冯如这种为祖国的强盛而献身科学的精神，是值得我们敬仰和学习的。

"我代表我的祖国"

1919年到1927年,我国著名画家徐悲鸿在欧洲留学。那时,中国的留学生在外国不仅经济上困难,政治上也受到歧视。

一天,一个外国学生向徐悲鸿挑衅说:"中国人愚昧无知,天生是当亡国奴的材料,即使把你们送到天堂去深造,也成不了才!"徐悲鸿被激怒了,他斩钉截铁地说:"我代表我的祖国,你代表你的国家,等学习结业的时候,看看到底谁是人才,谁是蠢才!"

从此,徐悲鸿怀着为中华民族争光的满腔激情,刻苦努力,分秒必争,经常到各大博物馆临摹世界名作,一去就是一整天,不到闭馆时间不出来。

徐悲鸿

有志者,事竟成。徐悲鸿在巴黎国立高等美术学校学习的第一年,他的画就受到法国美术家的好评。在几次竞赛考试中,他都取得了第一名。

1924年,他的油画在巴黎展出,轰动了美术界。那个向他挑战的外国学生,不得不承认自己是失败者。

陈嘉庚兴办教育以砺民志

公元1874年10月21日,陈嘉庚诞生在闽海之滨的同安县集美社(今厦门市集美镇)的一个华侨世家。集美社同美丽的厦门岛隔海相望,大陆延伸至此已是"尽尾"了,集美便是"尽尾"的闽南谐音。

在漫长的历史沧桑中,集美经受了内忧外患的冲击,倾流入闽海的血和泪,伴着低沉的落潮声,诉说着中国落后挨打的耻辱!陈嘉庚在集美度过整个少年时期。虽出于华侨世家之门,却长于故土,长于国难,这使他与一般华侨子弟不同,他熟悉故土风情,种下了依依眷恋之情,他目睹国运颠危,萌发了赤诚报国之志。

1890年秋,陈嘉庚首次渡洋到新加坡。灯红酒绿的异国殖民地,深浅莫测

陈嘉庚

的商界,对于他来说,这一切都是陌生的。他抱着公忠尽职、代父经商之心,凭着勤快和聪颖,很快适应了那里的环境。经过几年的摸索,锐意进取的陈嘉庚,以实业家的敏锐眼光,兴办了规模较大的菠萝罐头厂、橡胶园以及米厂、米店。那时,他已经是一个赫赫有名的华侨实业家了。

陈嘉庚兴办实业,生意兴隆之际,正是中国资产阶级民主革命高涨之时。对于一个年纯利润有四五十万元的企业家来说,完全有条件贪图享受去追求个人的幸福。更何况又身在异国他乡。但是,对于陈嘉庚来说,他想到的不是挥霍享受。在异国他乡,他饱尝了"海外孤儿"的辛酸;他曾目睹清政府的腐败和外来侵略者的猖獗,渴望祖国尽快强大起来。他常对着碧波翻滚的南海,遥望家乡思绪万千:"余久客南洋,心怀祖国,希图报效,已非一日。"他在寻找报效祖国的途径。

1909年,陈嘉庚认识了孙中山,参加了新加坡同盟会会员的秘密聚会,聆听了孙中山精辟的演说,开始倾心于革命。1910年春天,他正式加入了同盟会,剪掉辫发,以示革命,倾囊捐助振兴中华的革命事业。武昌起义成功后,他立即给福建革命政府汇去国币2万元,还发动华侨捐献12万元。孙中山就任临时大总统,经济困难急需用款,陈嘉庚立即汇去5万元。这个数目是他存款的1/8。可见他对孙中山革命事业的赤诚。

让青少年学会**热爱集体**的故事

1912年秋,陈嘉庚启程回国,他走出经商发家的小圈子,把自己和民族前途、国家命运紧紧联系在一起。他以孙中山百折不挠的革命精神激励自己,"自量棉力",决定兴办教育,以砥砺民族精神。

陈嘉庚决定在家乡创办小学和中学。1913年2月,乡立集美小学借宗教祠堂开学。陈嘉庚买下十亩鱼池,填池兴建校舍。不久,具有两个操场的新校舍落成。到1918年3月10日,师范、中学两个也都开学,这天规定为集美的校庆日。陈嘉庚为发展祖国的教育事业,食不甘苦,寝不安眠,千辛万苦,在所不辞。从1919年到1922年,他经过几年的艰苦努力,厦门大学校舍终于落成,其规模之宏大,设备之完善,在旧中国绝无仅有。

1937年的卢沟桥事变之后,南洋的华侨抗日救亡运动出现了新的高潮。陈嘉庚被众侨胞推为"南洋华侨筹赈祖国难民总会"主席。他在南亚华侨第一个统一组织的行动纲领中,明确指出"全面抗战"、"长期抗战"的响亮口号。他为抗战筹集了大量的资金。更加可贵的是,他第一个挺身而出,揭露汪精卫卖国求荣的罪恶活动。他对汪精卫发表的对日本的"和平谈话",义愤填膺、严加驳斥;对汪精卫提出的卖国主张,在南洋各报发表,公布于众。并以"国民参政员"的身份,向在重庆召开的国民参政会第二次大会发出"敌人未退出我国之前,公务员谈和平便是汉奸卖国贼"的提案。他的这一提案,很快获得大多数人的赞成而通过。

1940年,陈嘉庚冲破蒋介石反动派的重重阻挠,率"南侨慰劳团"访问了生机勃勃的、民气昂扬的陕甘宁边区,在他思想上引起了剧烈的变化,他"耳闻目睹各事实,余观感之余,衷心无限兴奋,梦寐神驰,为我大中华民族庆祝也。"在延安,他见到了谦逊、朴素、献身于民族解放事业的毛泽东、朱德等中国共产党领袖人物,如拨云雾见青天,他看到了光明,认定中国的希望在延安。

新中国成立后,陈嘉庚回到祖国,参加新中国的建设,先后担任国家的重要领导职务。他为团结广大华侨参加祖国建设、促进台湾回归祖国,做了大量工作。同时,又把全部余力,继续献给他毕生关心的集美学校和厦门大学。他一生为祖国的教育事业共捐款折合人民币一亿六千万元。他培养了大批人才,如著名科学家卢嘉锡、陈景润、许涤新等等。他自己的生活却极其俭朴，不嗜烟酒，每日伙食费不超过5角，国家给他月薪三百元，除每月用15元作伙食费，全部作为公用。

毛泽东称赞陈嘉庚是"华侨旗帜，民族光辉"。他一生兴实业，办教育，勤劳国事，言人之所不敢言，为人之所不敢为。"他是华侨史上第一个把政治、经济、社会、文化各方面活动集一身的光辉旗帜。

张大千卖画

著名画家张大千有他自己视为"大风堂"藏画镇室之宝的三幅古画：五代南唐顾闳中的《韩熙载夜宴图》、董源的《潇湘图》、元代方从义的《武夷放棹图》。

对张大千来说，这几幅画确实来之不易。《潇湘图》是董源的代表作之一，标志着山水画的一个时代。20世纪30年代，画家花费了准备买一座大宅院的巨款，才在琉璃厂买到了它和另外两幅五代时期的名画。在张大千的藏画中，《韩熙载夜宴图》更为珍贵，他把这幅画和徐悲鸿所藏的《八十七神仙卷》视为"世所见唐画人物，唯此两卷"的稀世之宝。此画曾被历代帝王视为珍品，秘藏宫阙。1933年

张大千

盛夏，一位军人请张大千鉴赏古画。当他看到最后一件手卷轴时，"手马上颤抖起来，大汗滂沱，眼睛陷在了画上"。这就是1921年从废帝溥仪宫中流出后去向不明的那幅《韩熙载夜宴图》。他一再要那位军人忍痛割爱卖给他，价钱高也要买。他恳切陈辞："大千一见此画，已丧魂失魄矣，如观而复去，定将使大千终生寝不安席，食不果腹，神惶惶，意凄凄矣！"

出人意料的是，1951年，张大千从香港动身去南美旅居前夕，突然决定出售这三幅古画，每幅开价一万美元。凡了解他的人都感到大惑不解：平时视古迹如生命的张大千怎么会轻易卖掉价值连城的稀世之宝呢？张大千将三幅画全部卖给一位在香港的朋友。这时，正担任我国文物事业管理局局长的郑振铎先生，当即专程赶到香港，从张大千那位好友手中原价购回了这三幅画。

关于此事，有人认为其中定有默契，但谜底一直未能揭开。1983年4月，张大千先生仙逝之后，卖画之谜方才真相大白。原是先生怕把画带出国外，万一流失异邦的话，将愧对"江东父老"，直接送还新生的共和国，又碍于当时复杂的政治背景，于是就采用这种独特的方式，将这三幅名画送回了祖国。

续范亭血洒中山陵

1935年隆冬的一天，一位身佩中将军衔的瘦削中年人手拷拐杖，怀揣短剑来到中山陵。他就是鼎鼎大名的续范亭。

续范亭独自一人到中山陵来干什么呢？

当时，日本帝国主义已经侵占了我东三省，又准备把魔爪伸向华北，中华民族处在危亡关头。这时，国民党正在南京召开第五次全国代表大会，传出要"讨论和解决抗日救国大计"的风声，续范亭忙丢下国民党陆军新编第一军中将参议的官儿，从兰州赶到南京，一心想向蒋介石、汪精卫呼吁抗日，但结果使他大失所望。

一天，他和几个西北军的朋友在一起，议论起蒋介石的"不抵抗主义"。续范亭问大家："为四万万五千万同胞着想，你们说，咱们怎么办？"沉默一阵，有一人出主意说："这样吧，咱们再找几个朋友一起到中山陵前去哭灵，说不定还有点用处。"续范亭没等他说完就连连摇头："没有用，没有用，国家已经糟到这个地步，哭一场有什么用？依我看，还是古话说得好：大丈夫宁流血，不流泪！"续范亭遂写下绝命诗二首：

赤膊条条任去留，
丈夫于世何所求？
窃恐民气摧残尽，
愿把身躯易自由。
灭却虚荣气，
斩删儿女情。
涤除尘垢洁，
为世作牺牲。

他将诗放在贴身的衣袋里，就独自一人来到中山陵。在灵室前长长地伫立，痛吟绝命诗，然后用短剑刺向自己的腹部……

续范亭

将军血洒中山陵，消息一传出，顿时震惊了中外。全国人民和一切爱国人士无不为续范亭的舍身为国的精神所激动，一致谴责蒋介石、汪精卫之流投降卖国的罪恶行径，一时掀起了抗日救亡的热潮。

"我是中国人"

1934年冬，在北平天桥刑场上，一位正气凛然的中国共产党员，面对荷枪实弹的国民党特务，威武不屈，视死如归，振臂高呼"中国共产党万岁！""抗日万岁！"壮烈牺牲。

他，就是当中华民族处于灾难深重的时刻，挺身而出，毅然投入爱国救亡斗争的抗日民族英雄吉鸿昌。

吉鸿昌，字世五。1895年12月出生于河南扶沟吕潭镇一个贫苦农民的家庭里。他青少年时代，经常从父亲那儿听到一些爱国故事，这就使吉鸿昌从小有着强烈的爱国主义思想。他曾不止一次地流露出内心的秘密："只

要有机会，就要不惜五尺血肉之躯，报效国家！"

1913年，年方18岁的吉鸿昌，参加了冯玉祥将军的西北军，开始了他一生的戎马生涯。

转眼到了1931年，吉鸿昌已升为国民党第22路军总指挥。身居国军要职的吉鸿昌，忧国忧民之心与日俱增；他对蒋介石的"攘外必先安内"的反动方针表示不满，他把"围剿"红军变成暗暗帮助红军，他曾命令部下对红军只许朝天放空枪，不许打人；放枪之后，留下武器就走。最后，蒋介石逼他交出军权，出国"考察"。

吉鸿昌

吉鸿昌辞去军职，准备出国。当时正值日本帝国主义侵占我国东北三省。吉鸿昌失声痛哭地说："国难当头，凡有良心的军人，都应该誓死救国！"他立即拍电报给蒋介石，表示愿带兵北上抗日，粉身碎骨，以纾国难。蒋介石答复他"迅速出国"。1931年9月23日，吉鸿昌与妻子，依恋不舍地离开了祖国。

那时，中华民族被西方权贵污蔑为"劣等"民族，有些在外华人也为此自卑不尊。在美国，吉鸿昌也饱尝了外国人歧视中国人的滋味。

一次，吉鸿昌去一家邮局邮寄衣物，邮局职员竟说不知道中国。吉鸿昌怒不可遏。随行的特务埋怨吉鸿昌说："你为什么说你是中国人呢？你可以说是日本人，这样就能受到礼遇。"吉鸿昌怒不可遏，一把抓住那个官员的衣领，大声说道："你觉得做一个中国人丢脸吗？我觉得做一个中国人光荣得很！我吉鸿昌誓死不当洋奴！"为了反抗帝国主义对中国人的歧视，他找了一块木牌，在上面写着："我是中国人"。他不论走到哪里，都把它戴在自己的胸前，表现了这位爱国者高尚的民族气节和爱国精神。

吉鸿昌身在异国他乡，心中念念不忘抗日。他利用各种机会进行抗日宣传。一次有人问他："日本人有飞机、大炮，中国凭什么抗日？"他愤然答道："我们有热血，有四万万人的热血。我国人民的愤激已经达到极点，莫不抱有宁为玉碎，不为瓦全的决心，誓愿牺牲一切，为生存而战，为公理而战！"

1932年，"一·二八"抗战的消息传到海外，正在德国考察的吉鸿昌，未经蒋介石许可，摆脱特务跟踪，只身回到祖国。他抱着"只有跟着共产党走，中国才能得救"的愿望，在上海找到共产党地下组织，表达他立志跟党抗战的决心。不久，吉鸿昌加入了中国共产党。

在党的教育下，吉鸿昌进一步提高了政治觉悟。1933年5月，吉鸿昌同冯玉祥、方振武等部联合，在张家口组织察绥民众抗日同盟军，任第二路军军长兼北路前敌总指挥，担负抗击进犯察哈尔的日伪军的重任。在一次行军路上，他即兴作诗，抒发自己的抗日决心和爱国之志，他说："有贼无我，有我无贼。非我杀贼，即贼杀我。半壁河山，业经改色，是好男儿，舍身报国。"吉鸿昌在对敌作战中，身先士卒，英勇杀敌，牺牲生命，在所不辞。7月，在他的指挥下，收复了多伦等地，使全国抗日民气为之大振。

同盟军攻占多伦的胜利，是"九·一八"以来日本帝国主义遭到的第一次沉重打击。正当全国人民为之欢庆的时候，卖国贼蒋介石便联合日军共同进攻同盟军。这年9月，同盟军在日、伪、蒋三方夹击下失败。

但是，吉鸿昌并没有被敌人所吓倒。1934年1月，在我地下党的领导下，他在天津继续进行抗日活动。一些朋友劝他对老蒋要多加提防，吉鸿昌只是淡淡一笑，不以为然。表现了一个共产主义战士不屈不挠的斗争精神。他联合各派抗日人士，建立"中国人民反法西斯大同盟"，并参加创办《民族战歌》杂志，宣传中国共产党的抗日救亡主张。

国民党反动派竭力阻挠吉鸿昌的革命活动，但是，都没有得逞。于是，对他采取暗杀手段。1934年11月9日，正当吉鸿昌召集爱国人士秘密开会时，暗藏的国民党特务突然向他开枪，在一片混乱中，吉鸿昌受伤被捕。

审讯中，吉鸿昌把法庭当做战场，愤怒揭露蒋介石反动派的卖国罪行。当敌人问他为什么要加入中国共产党时，他义正词严的回答："不错，我就是要加入中国共产党，因为共产党是唯一能够救中国的！"

最后的时刻到了。

在临刑前，吉鸿昌在遗书上总结了自己寻求救国道路的艰难历程，倾诉了一个共产党员对革命事业的必胜信念。他以手指作笔，以雪地为纸，写下了四句绝命诗："恨不抗日死，留作今日羞。国破尚如此，我何惜此头。"然后他轻蔑地对刽子手说，"我为抗日而死，不能跪下挨枪，死了也不能倒下。给我拿椅子来！"

中国共产党的优秀党员，著名爱国将军吉鸿昌沉着地坐在椅子上，高呼着口号离去了。然而，他的爱国精神和革命风范将永存人间。

郑振铎的"最后一课"

人们都知道法国作家都德的短篇小说《最后一课》，可郑振铎先生的"最后一课"就知者甚少了。

1941年12月8日太平洋战争爆发，上海的租界也沦为日寇占领地了。大清晨，暨南大学校长办公室里，空气仿佛凝固了。老校长老泪纵横，正主持着简短的校务会议。最后，他颤声宣布："……课照常进行。只要看到一个日本兵，或是一面日本旗经过校门，就立即停课。"

默默无声的人群中，有一个紧锁浓眉，面孔清癯的中年男子。他，就是暨南大学教授兼文学院院长郑振铎。

快上课了，他拿起讲义夹，急匆匆地进了教室。教室坐满学生，鸦雀无声，多像小说《最后一课》里描写啊！郑先生热泪盈眶："我想……大家都知道了，今天是我给你们上的中国文学史的最后一课。要永远记住，我们是中国人！"讲课开始了，一分一秒都显得格外沉静。平素调皮的学生，今天也是憋着

郑振铎

呼吸，满噙了眼泪。不幸的时刻终于来临，远处忽然传来沉重的车轮辗地声。几辆卡车逼近了校门。阴森森的风中，一面太阳旗抖动着。时针指着10点30分。

郑先生挺直了身体，作了立正的姿势。全体同学"唰"地一下站起来，很久很久，没有一个人说话，只有几个女生低低的啜泣声……师生们的胸中都燃烧着爱国的烈焰，一个个捏紧了拳头……

这就是郑振铎先生在"暨大"上的"最后一课"，也是他教书生涯的"最后一课"。但他的"最后一课"所表现的崇高爱国之情、报国之志却教育了千百个后来者。

李四光"努力向学，蔚为国用"

李四光是我国卓越的地质科学家，著名的社会活动家和教育家，伟大的爱国者。

李四光的青少年时期，正值帝国主义列强不断入侵，中华民族备受奴役和凌辱的时代。李四光和其他爱国青年一样，为祖国的前途而担忧。他不甘屈辱，毅然投身革命。他看到日本和西方国家的崛起，科学技术所起的作用，便选择了"科学救国"的道路，立志学习科学，将来报效祖国。

1904年，14岁的李四光从黄冈来到汉口，两次投考，都以第一名考上，被派送去日本留学。先入弘文学院，后进入大阪高等工业学校学习造船机械。这期间，他积极投身于民族民主革命。他积极追随孙中山先生，1905年在东京加入同盟会，他是中国同盟会创建会员之一。那时，孙中山先生见到年纪轻轻的李四光，亲切地摸着他的头说："年龄这样小就要革命，有志气。"然后送给他："努力向学，蔚为国用"八个大字。1911年，李四光联络武昌青年学生共同参加轰轰烈烈的武昌起义，革命党人在湖北成立鄂军都督府，李四光任实业部长。在辛亥革命中建立了不朽功绩。后来，辛亥革命失败了，但是，李四光并没有幻灭，只是发愤专心学习科学技术，

实现自己的理想。

李四光

为了开发"地大物博"的祖国矿业，李四光决心"学会一套本领，来对抗帝国主义对我们的侵略、压迫和剥削"。为了真正实现报效祖国的愿望。他把为富民强国而寻找、开发地下资源，当做自己终生的奋斗目标。

1912年李四光赴英国伯明翰大学留学，专攻采矿和地质学。当他的好友丁西林对他改学地质学提出异议时，李四光回答："要造船，就得有钢铁，要钢铁就得靠采矿。中国虽然地大物博，但是科学落后，如果我们自己不找矿，将来也不过是给洋人当矿工！"

在留学期间，李四光怀着对祖国、对民族强烈的责任感，花费大量精力和时间，广泛收集和整理有关中国的地质文献。在认真研究的基础上，他的《中国之地质》的论文问世了。在这篇论文的序言中，鉴于祖国科学技术特别是地质科学落后的状况提出，"今天，我们要求新兴一代的'黄帝'子孙，认识到自己肩负的职责"。"就地质学而言，需要的是发挥我们的聪明才智，去倾听和研读自然界早已为我们准备好了的古树残叶的语声和河道的经文。"

李四光在伯明翰大学学成后，谢绝了国外的重金聘请，回到了祖国。那时，有位老师告诉李四光，印度有一座矿山需要聘请一位地质工程师，待遇优厚，他可以负责介绍。李四光想到的不是个人之得失，而是祖国的振兴和民族的未来。他的愿望是回国找矿。

当李四光知道祖国当务之急，是培养地质人才时，他表示甘愿回国从事地质教育工作，1920年5月，李四光从英国启程回到北平，就任北京大学地质系教授。从此，他献身祖国地质矿产事业长达50多年。

1948年，李四光接受国际地质学会的邀请，到英国出席第18届会议。会上，他发表了著名论文《新华夏海的诞生》，它动摇了传统的地质学理论，轰动了整个欧洲。

一天，他从当地报纸上看到新中国诞生的消息，激动万分，喜泪盈眶。李四光毫不犹豫下了决心：回到祖国去，建设新中国！第二天，他就去办理了回国签证，预订了船票。

李四光沉浸在幸福之中，他破例参加中国留英学生总会在剑桥大学举行的年会，发表了热情洋溢的演说："我们盼望了多少年，现在终于盼到了，共产党、毛主席领导中国人民取得了伟大胜利。希望同学们努力用科学知识武装自己，准备参加建设吧！"他表示："我虽然六十多了，但我一定要回到祖国去，把自己的余生贡献给新中国。"

当李四光得知台湾方面要他立即发表一个公开声明，拒绝接受新中国政治协商会议第一届委员会的职务，否则，就被扣留在国外的消息时，心情无比愤怒。他给国民党驻英大使馆写信："中华人民共和国是我多少年来日思夜盼的祖国。中央人民政府是我竭诚拥护的政府。我能当选为中国人民政治协商会议全国委员会的委员，是莫大光荣。"1950年4月，李四光几经周折，与夫人回到上海，回到了祖国母亲的怀抱。1958年12月，李四光以69岁高龄光荣地加入中国共产党，成为无产阶级的先锋战士。

李四光用自己创造的地质力学理论，分析我国东部地质构造特点，认为新华夏构造体系的三个沉降带具有广阔的找油前景。不久，大庆、胜利、大港等油田相继发现，都证实了他的科学论断，彻底摘掉了"中国贫油"的帽子，为祖国争了光，为人民造了福。他的地质力学理论的光辉，照耀在祖国大地的四面八方，引来了石油喷涌如浪潮的壮观景象。

李四光终于实现了自己科学救国、报效祖国的愿望，成为少有的高产多能的地质学家。周恩来同志热情称赞"李四光同志是一面旗帜"。

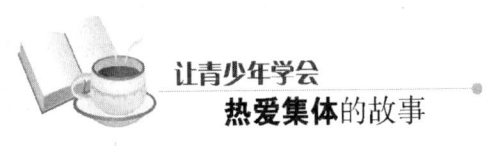

华罗庚"回国一点不后悔"

中国当代著名数学家、教育家,伟大的爱国科学家华罗庚,1910年11月12日出生在江苏省金坛县一位商人家中。

15岁那年,华罗庚从金坛县初中毕业,到上海中华职业中学念书。由于交不起饭费,他只读了一年,就失学了。后来,华罗庚只好在小杂货店里替父亲料理店务和记账。

可是,华罗庚并没有灰心。他在念初中时,对数学很感兴趣,他好不容易借来一本《大代数》、一本《解析几何》、一本《微积分》,在他的柜台上,常常一边放着算盘,一边放着这些书籍。有时顾客来买东西,他竟答非所问,于是大家称他为"罗呆子",称他那些深奥难懂的数学书为"天书"。

然而,这位既没有正式读过大学,也没有进过研究生院的华罗庚,竟沿着一条艰难的自学道路而成为驰名中外的数学家。

1930年,这个只有初中文化程度的19岁的青年,写出了批评大学教授的文章:《苏家驹之代数的五次方程式解法不能成立的理由》不料,这篇论文被数学界的老前辈、清华大学教授熊庆来发现,便请华罗庚到清华大学当助理。在清华园里,他用一年时间攻读了数学专业的全部课程,并自学了英语和德语,相继在国外刊物上发表了许多论文。华罗庚开始在数学领域崭露头角。

华罗庚

1936年,由于熊庆来教授的推荐,华罗庚前往英国剑桥大学留学。由于他没有"正统"学历,只能作为旁听生。尽管如此,他在短短两年多时间里,解决了当时著名的一些难题,他的"塔内问题"的论文,被誉为

"华氏定理"。

这时，许多人都劝华罗庚报考博士学位。然而，华罗庚却说："学位于我如浮云。"他所关心的是灾难深重的中华民族。特别是1937年7月7日日本全面侵犯中国后。华罗庚天天关心着来自祖国的消息；祖国的抗日烽火猛烈地牵动着远存天涯的华罗庚的心。他在剑桥大学安静的学府里，坐不住了，恨不能立即扑进祖国的怀抱，献出一片游子的爱国之心。于是他放弃了继续在海外深造的计划，1938年从英国回到祖国。回国后，他任昆明西南联合大学的教授，在祖国处于内扰外患和工作生活极其艰苦的条件下，写下了他的名著《堆垒素数论》，为祖国赢得了荣誉。

华罗庚在昆明的日子里，日本侵略者已越过黄河向江南进犯，无恶不做。后来，华罗庚曾愤然写道："寄旅昆明日，金瓯半缺时，狐虎满街走，鹰鹯扑地飞。"抒发了他憎爱分明的爱国思想。

1945年下半年，华罗庚应邀到苏联访问。在苏期间，他遇受到国民党驻苏联大使馆官员的威胁，强迫他加入国民党，否则，回国后就要坐监牢！华罗庚早已认清了国民党反动派卖国害民的真实面目，识破了他们的阴谋诡计，对他们的威胁置之不理。访问回国后，华罗庚冒着生命危险在昆明给数千名大学生做了题为"访苏三月记"的报告，使处在黑暗中的师生们深受鼓舞。

紧接着，在1946年秋天，华罗庚应美国普林斯顿大学魏尔教授的邀请，访问美国。

到了美国之后，美国学术界给他以"世界上名列前茅的数学家之一"的赞誉，被伊利诺大学聘请为终生教授，年薪一万美金。华罗庚在那里有着良好的工作条件和优厚的生活待遇，他的家有四间卧室，两间浴室，还有一间可容纳五六十人开酒会的客厅。并给华罗庚配备了四个助手，一个打字员，还有崭新的"顺风"牌专用小汽车。这与金坛镇上的小屋相比，与西南联大的乡间小厢楼相比，真可谓"天堂"了。

不久，中国大地发生了翻天覆地的变化。五星红旗在中国大陆上飘扬，中华人民共和国诞生了。

华罗庚听到这一消息，高兴得热泪盈眶。1950年3月16日华罗庚带着

全家回到北京。他在途经香港时发表了致留美学生的公开信。他说："为了国家民族，我们应当回去；为了为人民服务，我们应当回去"，"为我们伟大祖国的建设和发展而奋斗。"

1979年华罗庚在近古稀之年再次去英国访问，当一位风度翩翩的女学者问他"你不为自己回国感到后悔吗？"华罗庚斩钉截铁地回答："不，我回到自己的祖国一点也不后悔，我回国，是要用自己的力量，为祖国做些事情，并不是为了图舒服。活着不是为了个人，而是为了祖国。"后来，他在《祖国，我永远做您的忠实儿子》一文中，充分表达了这位伟大爱国科学家对自己祖国和民族的一片赤子之情。并提出："科学没有国界，科学家是有自己祖国的"爱国名言。

就在这次英国之行中，他接到了党组织的通知书，吸收他为中国共产党党员。69岁的华罗庚激动得整整一夜没有合眼。他一生中的最大夙愿终于实现了。

1985年6月12日这位长期奋斗在数学尖端领域的科学家、为社会主义建设做出重大贡献的华罗庚同志，在日本讲学期间，因心脏病发作逝于东京。

钱学森 "我终于回到了祖国"

钱学森是中国著名的航空工程和空气动力学家，伟大的爱国科学家。1911年出生，祖籍浙江杭州。

1955年10月8日，一位44岁的中国科学家从美国来到广州，他的脸上浮现出难以自抑的笑容，双眼眯了起来，嘴角出现了笑窝。他非常感慨地说："我一直相信我一定能回到祖国。今天，我终于回到了祖国！"他，就是我国著名的航空工程和空气动力学专家钱学森。同他一起回到广州的，还有他的夫人。

钱学森的父亲当时已是74岁高龄的老人了，听说儿子回国，他欣喜万分，专程赶到广州迎接。他为儿子买了一套复制的中国历代名画，表示祝贺。

在 20 世纪 50 年代，中美两国关系还不正常，两国之间处于敌对状态。那时，在美国的中国科学家要想回归祖国的确不是容易的事，况且钱学森的专长又直接与带有保密性质的国防有关，所以他历尽艰辛才终于回到了祖国的怀抱。在这曲折的斗争中，钱学森对祖国的挚爱之情，令人感动。

1929 年，18 岁的钱学森考入上海交通大学攻读机械工程。他研究航空工程和空气动力学是 1935 年在美国留学开始的。他先在马萨诸塞理工学院学习，由于他天资聪慧，刻苦钻研、勤奋好学，第二年就获得了硕士学位。后来转到加利福尼亚理工学院继续深造，成为卡门研究生，3 年后他获得了博士学位。1938 年至 1939 年，钱学森在加利福尼亚理工学院火箭研究小组工作，不久即被推荐为美国空军科学顾问组成员。1945 年他随卡门一起赴德国考察 V—2 火箭研制情况。1947 年任马萨诸塞理工学院教授。1949 年又回到加利福尼亚理工学院任教授，并任古根海姆喷气推进中心主任等职。

1949 年 10 月 1 日当新中国的第一面五星红旗在天安门广场徐徐升起时，身在异国他乡的钱学森深为祖国的新生而高兴。他准备回国，用自己的专长为新中国服务。

归心似箭、时不我待。1950 年 9 月中旬，钱学森辞去了加利福尼亚理工学院超音速实验室主任和古根海姆喷气推进研究中心主任的职务，办理了回国手续。他买好了从加拿大飞往香港的飞机票，把行李也交给了搬运公司装运。

然而，就在他打算离开洛杉矶的前两天，突然收到美国移民及规化局的通知——不准回国。

移民局威胁道，如果私自离境，抓住就要罚款，甚至要坐牢！又过了几天，钱学森被抓进了美国移民及规化局看守所。"罪名"是"参加过主张

以武力推翻美国政府的政党"。

钱学森交给搬运公司的行李遭到美国海关及联邦调查局的检查,说从中"查出"电报密码、武器图纸之类。

移民及规化局要"审讯"钱学森,说他是"美国共产党"。后来又说钱学森在美国念书时认识的几个美国同学之中,有几人是共产党员。移民及规化局扬言,钱学森犯了"反美国移民法",要把他"驱逐出境"。这话说出口没多久,又连忙改口。因为要把钱学森"驱逐出境",这正是钱学森求之不得的。

移民及规化局迫害钱学森,引起了美国科学界的公愤。不少美国友好人士出面营救钱学森,为他找辩护律师。他们募集了15000美金作为保金,才把钱学森从看守所里保释出来。

从此,钱学森的行动受到移民及归化局的严密监视。不许他离开他所居住的洛杉矶。还定期传讯他。然而,钱学森怀着一颗挚爱祖国的赤子之心,日夜思念着新中国,他坚持斗争,一再要求回到自己的祖国。

1953年,联邦调查局反复"审查"了钱学森托运的书籍,没有抓到什么把柄,终于还给他了。

1955年,周恩来总理在日内瓦经过外交上的斗争,并赢得了胜利。中美两国开始会谈。不久,钱学森接到了移民及归化局的通知,可以离开美国了。1955年9月17日钱学森与夫人等同乘"克利夫兰总统号"邮船离开了洛杉矶,驶向阔别多年的祖国。

钱学森在国外享有非常优裕的生活条件和世界第一流的科研技术设备。如果从追逐个人的科研成果来说,那真是"得天独厚"。但他毅然冲破美国的种种阻挠,回到了祖国,在"一穷二白"的土地上创建中国的火箭、导弹事业。有人问他为什么归心似箭,他说:"因为我是一个中国人,我的事业在中国,我的归宿在中国。"有人问他中国既无人才又无设备,搞火箭导弹能行吗?他回答:"外国人能干的,中国人为什么不能干!"钱学森的誓言实现了,中国的卫星上天了,洲际导弹可以同外国"比武"了,中国被世人刮目相看了。

钱学森的爱国主义精神、艰苦创业、攀登高科技之路,代表了中国广大知识分子的攀登之路。

胸怀集体，始自少年

> 只有在集体中，个人才能获得全面发展其才能的手段，也就是说，只有在集体中才可能有个人自由。——马克思、恩格斯
>
> 科学家不是依赖于个人的思想，而是综合了几千人的智慧，所有的人想一个问题，并且每人做它的部分工作，添加到正建立起来的伟大知识大厦之中。——卢瑟福

12岁的使臣甘罗

战国时代，秦始皇派刚成君蔡泽出使燕国，百般游说。经过3年的努力，燕王喜答应归附秦国，并且派太子丹到秦国做人质，表示永不叛秦。秦国也打算再派张唐前往燕国，做燕国的国相，企图与燕国联合夹攻赵国，扩大河间的土地。因为张唐赴燕中途必须经过赵国，所以秦王又让张唐顺便访问赵国。最好能游说赵王把河间一带的城池割让给秦国，不动刀兵，避免劳师糜饷。

张唐受命以后，就拜访丞相吕不韦说，因自己进攻过赵国，怕报复。吕不韦很不高兴。甘罗闻讯找到吕不韦，自告奋勇前去劝说张唐。吕不韦见他小小年纪很不以为然，最后还是同意甘罗前去劝说张唐。甘罗让张唐

与白起比战功，再让张唐比较范雎与吕不韦的权势，最后以白起不敢出征攻赵被范雎逐出咸阳死于杜邮的故事，威胁张唐，使之如梦初醒答应下来，但他终因惧怕赵王报复而没去。吕不韦准备奏请秦王派别人去，甘罗听到这个消息以后，就到秦王那里毛遂自荐，秦王见眼前的这个小孩儿这么有胆量，这么有魄力，又听相国吕不韦谈到过他的行事，心中已有几分欢喜。便任命做使臣。给他10辆马车，100人听他吩咐。

甘罗一行来到赵国都城邯郸。赵王听说秦国使臣来到，急忙出城迎接。出乎众人的意料，从车上走下的是位少年。经过一番舌战，赵王对这个12岁的孩子非常佩服。

赵王十分畏惧秦国的武力。他知道秦国既然派人来讨要城池，是非给不可的。他命人把河间一带五座城的地图和户口交给甘罗，又用十分隆重的礼节款待甘罗等人。临别的时候，赵王又把甘罗送出都城亲自扶他上车，还赠给他黄金百斤，玉璧一双。甘罗不仅圆满地完成了使命，而且满载而归。

秦王对甘罗的表现大为赞赏，破例封他为大夫；不久又提拔他为上卿，把当年封给他祖父甘茂的土地全部赐给了他。

勇斩双头蛇的孙叔敖

孙叔敖是战国时的小英雄。

孙叔敖少年时家境贫寒，母子相依为命，苦度荒年。13岁的孙叔敖，有一次上山砍柴，在茂密的草丛中，遇见一条大蛇，长着两个脑袋。此巨毒蛇比鹅蛋还粗，好几尺长。孙叔敖逃跑下山，他思忖：曾听乡里人传说人见双头蛇要被毒死。可是，自己逃跑下山，也免不了一死。此双头毒蛇依然存在，乡里人再上山来，遇见此祸害岂不是也要死掉吗？逃跑回家也是死，反不如拼死一搏，为乡里人除此祸害。

孙叔敖砍了一根双杈树枝，迈步登上山来寻找双头蛇。那双头蛇听得脚步声，双头坚立恶视来人，张开大嘴形似吞食，探头猛扑过来。孙叔敖跨步往上冲,左脚在前,右脚在后,左手举着双杈树枝引逗双头蛇大嘴,右手高举砍柴板斧,猛剁双头蛇。左腿离蛇太近被蛇尾紧紧缠住,疼痛难忍。经过一场人与双头蛇的搏斗,终于将双头蛇砍死在山坡上。孙叔敖挖了一个坑,将剁死的双头蛇深深地的葬埋了。

后来,孙叔敖长大成人,由于他的学识品德好,做了楚国的令尹。他还没正式上任,老百姓就已经很信赖他了。

浪子回头的周处

西晋时期,大兴清谈之风。但周处比较正直肯干实事。

周处原是东吴义兴(今江苏宜兴县)人。年轻的时候,个子长得高,力气比一般小伙子大。他的父亲很早就死了,他自小没人管束,成天在外面游荡,不肯读书;而且脾气强悍,动不动就拔拳打人,甚至动刀使枪义兴地方的百姓都害怕他。义兴邻近的南山有一只白额猛虎,经常出来伤害百姓和家畜,当地的猎户也制服不了它。当地的长桥下,有一条大蛟(一种鳄鱼),出没无常。义兴人把周处和南山白额虎、长桥大蛟联系起来,称为义兴"三害"。这"三害"之中,最使百姓感到头痛的还是周处。

一次,周处知道了人们闷闷不乐的原故。便跟人们说:"这样吧,既然大家都为'三害'苦恼,我把它们除掉。"

过了一天,周处果然带着弓箭,背着利剑,进山射死了老虎。又过了一天,周处换了紧身衣,带了弓箭刀剑跳进水里杀死了蛟。

这件事使他认识到,自己平时的行为被人们痛恨到什么程度了。

他又痛下决心,离开家乡到吴郡找老师学习。那时候吴郡有两个很有名望的人,一个叫陆机,一个叫陆云。周处去找他们,陆机出门去了,只有陆云在家。

周处见到陆云,把自己决心改过的想法诚恳地向陆云谈了。他说:"我后悔自己觉悟得太晚,把宝贵的时间白白浪费掉。现在想干一番事业,只

怕太晚了。"

陆云勉励他说："别灰心，您有这样决心，前途还大有希望呢。一个人只怕没有坚定的志气，不怕没有出息。"

打那以后，周处一面跟陆机、陆云学习，刻苦读书；一面注意自己的品德修养。他的勤奋好学的精神受到大家的称赞。过了1年，州郡的官府都征召他出来做官。到了东吴被晋朝灭掉以后，他就成为晋朝的大臣。

突围搬兵的荀灌

这是晋朝时的故事。

襄阳城被敌军包围了。城里的粮食快吃完了，箭也快用光了。主将荀崧几次叫人突围出去请救兵，都被敌军堵了回来。眼看城就要被攻破，荀崧焦急万分。

当时荀灌只13岁，问道："爸爸，您有啥难事，能告诉我吗？"

荀崧叹了口气，说你是女孩子，告诉你有什么用呢？

您不说我也知道，荀灌眨着聪明的眼睛，说："为突围求救的事着急。爸爸，您快写信，让我去送吧。"

"你去？"荀崧摇摇头，"那怎么行啊！"

荀灌见爸爸不同意，她抽出宝剑，舞了一回。其实，她虽年纪小，但平日苦练武艺、锻炼身体，早已把各种兵器耍得娴熟。而且又爱动脑筋。她舞完剑，又把突围的办法说了一遍。荀崧见女儿身体结实、武艺不凡、办法周到，终于答应了。在一个月暗星稀的深夜，荀灌穿了黑衣，沿绳子爬下城墙，直到快过敌人的兵营时，敌人才发现有人突围。荀灌命令几个士兵故意大声嚷叫，引开敌人，她自己飞快地跑到一条偏僻的山路上走了。

突出重围后，荀灌凭她结实的身体，翻山越岭，日夜赶路，送到了信，请来了救兵。敌人怕前后受敌，急忙撤退了，襄阳就解了围。满城的人都夸荀灌是个勇敢的姑娘。

斩蛇除害的李寄

李寄是战国时代的人，她小时候因斩蛇除害而名传古今。

李寄，秦国将乐人，生卒年不详。当时闽中有座山叫庸岭，高山绵延数十里，在山的西北石缝中有一条大蛇，长七八丈，经常危害百姓。地方官用牛羊祭祀它，但仍不得安宁。当时，有人做梦说蛇精每年要吃十二三岁童女，才能无事。官吏搜求穷人家的女儿每年八月用来祭祀，女孩被送到蛇穴口，蛇出来吞噬后回洞。每年如此，已有9个女孩被蛇吞食。那一年，官吏搜寻女子去祭蛇，但没有找到人。李寄家中有6个姐妹，李寄最小，且无男孩。她虽年幼，但决心应募作祭女，好伺机为民除害。父母见她年幼，不肯让她去。

李寄为民除害之心已决，她偷偷离开家，求得一把好剑和一只猎犬。到八月时，先将数石米麦用蜜糖拌好，放在蛇的洞穴口。不久，蛇闻到香味出洞来吃，只见其头大如斗，目大如镜。李寄全然不惧，先放狗去咬蛇，自己从背后挥剑猛砍大蛇。蛇痛得从洞里窜到洞外，李寄仍挥剑斩杀，终于杀死大蛇。李寄入蛇穴察看，发现九女的髑髅，全部搬出。李寄痛心地责备她们说："你们怯弱，为蛇所食，甚可哀怜。"然后慢步回到家中。

李寄斩蛇为民除害的事传到越王那里，越王十分惊奇，聘李寄为王后，拜她的父亲为将乐令。她的母亲和姐姐们都得到赏赐。

有大志的宗悫

南北朝时，有个年青人名叫宗悫，字符干。他从小就跟着父亲和叔叔舞剑弄棒，练拳习武，年纪不大，武艺却十分高强。

有一天正是他的哥哥结婚的日子，家里宾客盈门，热闹非凡。有十几个盗贼也乘机冒充客人，混了进来。正当前面客厅里人来人往，喝酒道贺之际，这伙盗贼却已潜入宗家的库房里抢劫起来。有个家仆去库房拿东西，发现了盗贼，大声惊叫着奔进客厅。一时间，客厅里的人都被惊呆了，不知如何是好。

只见宗悫镇定自若，拔出佩剑，直奔库房，盗贼一见来了人，挥舞着刀枪威吓宗悫，不许他靠前。宗悫面无惧色，举剑直刺盗贼，家人也呐喊助威。盗贼见势不妙，丢下抢得的财物，赶紧脱身逃跑了。

宾客见盗贼被赶走了，纷纷称赞宗悫机敏勇敢，少年有为，问他将来长大后干什么？他昂起头，大声地说："愿乘长风破万里浪，干一番伟大的事业。"

果然，几年以后，当林邑王范阳迈侵扰边境，皇帝派交州刺史檀和之前往讨伐时，宗悫自告奋勇地请求参战，被皇帝任命为振武将军。

一次，檀和之进兵包围了区粟城里林邑王的守将范扶龙，命宗悫去阻击林邑王派来增援的兵力。宗悫设计，先把部队埋伏在援兵的必经之路，等援兵一进入埋伏圈，伏军立即出击，把援兵打得落花流水。

就这样，宗悫果然替国家打了不少胜仗，立下许多战功，被封为洮阳候，实现了他少年时的志向。

岳家军中的勇少年岳云

南宋时期，民族英雄岳飞的儿子岳云自幼习文练武，岳云的母亲岳夫人一见儿子习文就高兴，一见他练武就不高兴，生怕他早早离家出征。

一次岳云和姐姐、众少年在庙前练武，适逢下雨，他们跑入庙中，岳云睡着了，他练武心切，梦中还念念不忘上阵杀敌。天色已晚，岳云回家后见母亲生气，就跟母亲讲起为报效国家的历代英豪。

此时金兵偷袭岳家庄，危急关头，岳云请求出战，祖母同意了他的请求，命他带领村民、家将杀退金兵，保卫家园。村外，岳云带着众少年和金兵交手，金兵见是些少年，不免轻视，但岳云和众少年英勇、机智，把金兵打得落花流水，大胜回庄。

祖母见岳云已长大成人，决定让他到牛头山投奔父帅。途中，岳云和关胜的后代关铃相遇，两人比武后结拜为兄弟。

岳云上了牛头山，看到高悬着"免战牌"，不明白为何如此，难道是战不过金兵！一气之下，挥捶砸碎了"免战牌"，又敲起了军鼓。岳飞不知何人如此大胆，破坏军纪，打乱了他的整个部署，立即升帐问罪。不料破环军纪的却是自己多年不见的儿子，他十分痛心，但为了整肃军纪，岳飞下令将岳云推出斩首。在众将的劝阻下，又听了岳云的慷慨陈词后，岳飞决定让岳云出马，大战金兀术的儿子金弹子，戴罪立功。

岳云虽刚满15岁，在战场上他却像一个真正的武将一样，挥舞银锤，大战金兵，获得全胜。岳飞因岳云立功免罪。岳云这一仗的得胜，为牛头山更大战役的胜利奠定了基础。从此他跟从父亲岳飞转战疆场，为国家立下了赫赫战功。风波亭上，他与父亲一起被秦桧害死。

抗倭小英雄"石童子"

明朝嘉靖三十三年4月间，几百名倭寇想打进嘉定县城。他们横刀跃马，四乡抢掠，多次窜到城下，只因为嘉定有城墙拱卫，护城河又深又阔，才未能得逞。当时，嘉定县衙里，只有一个年老昏愦的腐儒阴凤麟在代理县事。此人胆小怕事，想逃腿软，想斗手软，只知道紧闭城门，至于如何抵御、如何摆脱危境，则一概不知。幸而城里有不少能人志士慷慨挺身，和官兵一起镇守四城门，才多次杀退了倭寇的猛攻。

4月16日那天晚上，三更过后，远处传来汪汪的狗叫。这声音由远而近，却没有惊醒守城值夜的义士、官兵。连日来的守城作战，使他们疲惫不堪，瞌睡难忍。然而，这声音却惊起了一名住在西门城墙脚下的十来岁

的小男孩。这穷人家的小孩，半夜饿醒，正欲撒尿，却听到了一阵紧似一阵的狗叫。小男孩很是机警，他掀开破被，披上布衫，跑到门外一看，正是皓月当空，西门城墙上，露出了一截截云梯。"是倭寇爬城了！"小男孩一口气攀上城墙，朝城外一看，城下果然尽是来偷袭的倭寇，正顺着云梯向上攀登。"贼兵来了！贼兵来了！"小男孩大声呼叫起来。尖锐稚嫩的童声，霎时划破夜空。他推醒城上熟睡的士兵，捡起脚下踩到的镗锣、棒槌，一面敲，一面跑，一路呼叫。守城的兵士听到了，熟睡的街坊四邻听到了，住在城下破房子里的父母双亲也听到了。人们拿起刀枪、弓箭、棍棒、石块，奋起登城抵抗。

忽然一支冷箭射在小男孩腰背上，血流如注，可他浑然不知，跳下城，沿着大街敲锣疾奔，尖声高叫："贼兵打西城啦，大家快起来杀贼呀！"报警的锣声，伴着男童的疾呼，叫醒了全城。顿时，喊声四起，惊天动地。全城民众和士兵，一起奔向西门迎战，把爬上来的倭寇打得连滚带翻跌下云梯，受了伤的躺在城下鬼哭狼嚎，没受伤的抱头鼠窜。常言道，人多势众。西城墙上聚集了上万人，把凶恶的倭寇打了个落花流水，灯笼火把照红了半边天。当人们扛着缴获的刀枪凯旋时，却发现那个冒死唤起全城杀敌的小男孩倒在了大街上，身下满是鲜血。

谁也不知道小男孩姓什么、叫什么，只知道西门城内的城墙脚下，住过一对贫穷夫妇，带着一个男孩。男孩没有名字，中箭牺牲时才十来岁，人们就把他叫作"石童子"。大家悲痛地把他同那些在护城中牺牲的兵民一起埋葬了。为了纪念他的功劳，人们为他雕刻了一个小小的石像，安放在西门城墙上。如今，嘉定的西门城墙已经重修，但那尊小小的石像——"石童子"，还保存在嘉定博物馆里。石童子，是嘉定人民永远怀念的无名小英雄！

草原英雄小姐妹

40多年过去了，"草原英雄小姐妹"——龙梅、玉荣身上迸发出来的集体主义精神源泉，依然滋润着人们的心田。

龙梅和玉荣是一对小姐妹。

那是1964年2月9日，家家户户都在忙年，12岁的龙梅和9岁的玉荣主动要求替阿爸放羊。

附近草滩被积雪覆盖，姐妹俩便商量把羊群赶到远一点的丘陵。谁想到，中午时分铅板似的乌云铺陈过来，凛冽的西北风疯狂地撕扯着低压的云团……

暴风雪来了！姐妹俩赶紧把羊群往家的方向撵。可是，受到惊吓的羊群顶不住狂风的袭击，顺着风朝东南方向跑了起来，姐妹俩一面和风雪搏斗，一面收拢受惊的羊群，任凭她们前挡后赶、左拦右堵，越跑越远。天渐渐黑下来，雪越下越大，有一只羊被雪崩埋在雪里，龙梅扒雪救羊时，玉荣和羊群已经走远。这时，又有几只羊陷在雪里，玉荣在扒雪时掉了一只毡靴，但她丝毫没有察觉，羊群跑到哪里，她们就追到哪里，心里只有一个念头：一定要把羊群保护好，一只都不能丢！龙梅赶上了玉荣和羊群，她看见玉荣光着的脚已经冻成冰托子，急忙要脱下自己的靴子给妹妹穿，可是靴子冻在脚上脱不下来，她便从袍子上撕下一块布包住妹妹的脚，背着妹妹艰难地向前走着，后来，她实在支持不住，终于倒下了。

半夜时分，雪渐渐放缓了节奏，慢慢地停息下来。羊群的脚步也慢了，饥肠辘辘、耗尽力气的姐妹俩，饿的时候没有可吃的东西，渴的时候就抓把雪舔一舔。她俩无法再迈动冻得僵直的双腿，跌倒在地，不多一会儿便困乏得迷迷糊糊睡了过去。

早晨八九点，惊醒了的龙梅发现妹妹毡靴不见了，足底到脚脖子处结结实实冻了两个大冰疙瘩。

龙梅和玉荣

眼看羊群走远了,玉荣哭着说:"姐,你别管我,赶紧去追赶羊群吧。"龙梅把妹妹安顿在避风的地方:"姐姐去追羊,要是碰见人了就来救你。"

2月10日上午11点左右,铁路工人和寻找她们的公社巴书记等人赶来抢救,邻村牧民在白云鄂博火车站附近发现了羊群和龙梅,姐妹俩和羊群才安全脱险。经医生检查,龙梅冻伤面积占全身的15%,冻掉了左脚的大拇指。玉荣冻伤面积占全身的28.5%,局部冻伤深度达4度,不得不在右腿膝关节下和左腿踝关节下截肢。当人们告诉龙梅,384只羊仅冻死3只时,她竟开心地笑了。

龙梅和玉荣这种热爱集体财产、勇于战胜困难的崇高品质,受到了共青团中央的表扬。1964年3月12日,新华社播发通稿《暴风雪中一昼夜》,被《人民日报》等媒体刊播。

3月13日,时任内蒙古自治区党委第一书记、内蒙古自治区主席的乌兰夫同志赶到医院探望姐妹俩,并亲笔题词:"龙梅、玉荣小姊妹,是牧区人民在毛泽东思想教育下,成长起来的革命接班人。我区各族青少年努力学习她们的模范行为和高尚品质!"

一时间,龙梅、玉荣成为全国典型人物,她们的感人事迹相继被改编成话剧、电影、京剧……"草原英雄小姐妹"成为新中国成立以来"集体主义精神"的代名词。

1964年秋天,政府把龙梅和玉荣送到家乡达茂旗政府所在地的百灵庙民族小学读书。

1970年,龙梅入伍,在部队期间被送进包头市医学专科学校和内蒙古蒙文专科学校进修学习。1976年转业到地方,先后任中共达茂旗委副书记、包头市东河区人大副主任。两年前,她从包头市东河区政协主席职位上退休。

玉荣1974年初中毕业后,被保送到内蒙古师范学院学习,两年后到乌兰察布盟教育系统工作。1988年被调任为内蒙古自治区残疾人联合会副主席、执行理事会副理事长,担负残联组建任务。2008年,她任内蒙古自治区政协民族和宗教委员会主任职务。

姐妹俩曾当选为全国人大第四、五届代表;玉荣曾是共青团十一、十二大代表，中国残联一、二、三届代表，还获得过全国扶残助残先进个人、自强模范称号。

追逐阳光的花朵

2006年9月，郑智天以优异的成绩考上了电白中学。他热爱集体，乐于奉献，品质高尚，严于律己，在同学中树立了极高的威信。他从初一至今取得了骄人的成绩，多次被评为市、县、学校"优秀班干"、"优秀团员"、"校园标兵"、"三好学生"，2008年5月还被评为"广东省优秀团员"。

成为一名光荣的共青团员是郑智天的愿望。刚进初一，思想追求进步的他就向团组织递交了入团申请书。郑智天勤奋好学，尊敬师长，关心集体，积极主动参加各种团队活动，每个学期都被评为电白县和学校的"三好学生"和"优秀学生干部"。经过自己的不断努力，郑智天光荣地加入了共青团，他还当选为学生会主席。

郑智天身为学生会主席，处处起表率作用，平时利用课余时间博览群书，树立正确的世界观、人生观、价值观，同时带动同学努力学习，不断提高自身的文化修养，并引导非团员的同学积极向团组织靠拢，做好团员的组织培训工作。

郑智天热爱集体，注重集体荣誉。在初一学校组织军训的时候，郑智天担任了第七连的"连长"。几天下来，严格正规的军事训练，不少同学"吃不消"，开始喊太累、太苦了，有的甚至打起了"退堂鼓"。他知道情况后，马上召集大家郑重其事地说："我们是电白中学的优秀代表，是团委会的骨干，不能给学校丢脸，再苦再累也得坚持下去，我们做事情，要么不做，要么就做到最好！"在他的鼓励和带动下，同学们在烈日中坚持训练，展现了中学生的风采。

在2007年3月到10月期间，他多次带领全校团员到社会开展"服务周"活动，大力宣传雷锋精神，并为市民洗车、擦皮鞋、搞清洁等。大家

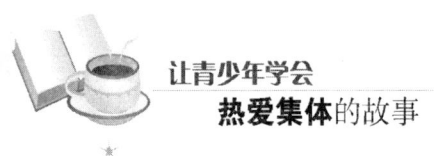

不怕苦、不怕累，每次都出色完成团组织交给的任务，受到广大群众的一致好评。

郑智天经常带领全体班干、团干积极开展各项富有意义的活动，提高同学们的学习兴趣和综合素质。对于成绩不好的同学，郑智天给予了热心帮助，在同学中树立了榜样。如初二（2）班的梁威同学因身体原因长时间请假住院治疗，在治疗期间无法正常学习，成绩跟不上，他本人情绪低落，考虑家庭经济困难而想停学。郑智天了解情况后，便去找梁威谈心，进行思想开导，鼓励他要树立信心战胜困难，并推荐了成绩好的同学分科对他进行辅导，帮助他在短时间内把功课补上。

2008年临近中考的某一天，初三（7）班的黄伦同学不幸遭遇了车祸，伤势严重，急送市人民医院抢救。由于黄伦的家庭并不富裕，手术费已花完了他家的所有积蓄，已是负债累累，接下来的治疗费用还没有着落。郑智天得知这一紧急情况后，他决定竭尽全力帮助黄伦同学。"时间就是生命"，他立即组织学生会印发求助信，并紧急召集各班班长，动员同学们踊跃捐款献爱心。此外，在他的带动下，学生会和广大团员自愿掏钱印发求助信，说服同学和家长共同帮助黄伦同学渡过难关。郑智天还带领团员在电白的公园、广场等人群密集的地方设点募捐，动员社会各界向黄伦伸出援助之手，广大市民纷纷捐款献爱心。经过及时的抢救和治疗，黄伦同学的病情得到好转，他本人及家长非常感激电白中学师生和社会各界的热心帮助。

在郑智天带领下，全班同学团结奋进，所在的班多次被评为"文明班"、"优秀团支部"。他本人也因表现出色，多次被评为市、县、学校"优秀班干部"、"校园标兵"、"三好学生"。其中2008年3月被评为电白县"优秀共青团员"，2008年4月被评为"茂名市优秀班干部"，2008年5月被评为"广东省优秀团员"。

为大家做好事的快乐

1981年3月8日,一个年仅15岁的刘玲同学因患癌症而过早地离开了我们。

刘玲8岁的时候不幸患了骨癌病,在长期的化学治疗中,左腿的胫骨被烤成了"木炭",走路十分困难。

有一天老师关切地问她:"刘玲,你行动不方便,今后有什么打算没有?"

刘玲微笑着说:"我活着的时间不多了,我想人总不应该消极地等待着死,要和疾病作斗争,能多活一天,为大家多做点好事,就是我的快乐和我的胜利。"

刘玲同学是这样说的,也是这样做的。同学们上课间操去了,她就拖着那只重病的腿,艰难地把课室扫得干干净净,把桌椅摆得整整齐齐,把黑板擦得明明亮亮。

同学们上体育课了,她拖着一条残腿,艰难地走到伙房打来开水,一杯一杯凉好。看着下课回来的同学开心地喝着她凉好的开水,她心里十分快乐。

学校修理操场,她瞒着老师去参加劳动,一锹一锹地挖掘泥土。老师发现了,走过来拿开她手中的铁锹时,发现她的两只手已经凸起了几个又大又红的血泡。老师十分心疼,同学们见了十分感动。

后来刘玲的病越来越严重,住院治疗了。同病室有个小妹妹需要截肢,但她硬是不肯动手术。刘玲劝她:"没有腿是不好看,但病好了可以为人民服务,你要听医生的话。"

另一位病人得知自己患的是不治之症,整天绝望地乱喊乱叫。刘玲便走到她的床边,轻声说:"阿姨,我给您唱支歌吧,您就不痛苦了。"

这位阿姨,知道刘玲患的也是不治之症,却这样乐观,这样热情地对

待每一个病友，深受感动，于是便安静下来了。

刘玲的歌声发自心底，沁人肺腑，阿姨被感动了，病友们被感动了，医生护士们被感动了。一个身残了的共青团员，在即将离开人世的时候，她还是尽自己的努力去做对人民有益的工作，精神何等高尚、可贵！

"老师，让我试试吧"

今天班会课是选举班上的墙报主编。小张文章写得又快又好，而且还画得一手好画，不少同学提议选小张做墙报主编。

小张很不高兴，心里想，当了主编嘛，又要约稿，又要写稿，又要采访，又要出版，得花去多少课余时间哪，真不合算！于是，他每听到同学提名选举自己时，就狠狠地瞪人家一眼。

投票结果，小张真的被选上了。这下，他按捺不住，"霍"地站起来，大声说："不行！不行！我不会干，选上我也不干！"像一瓢凉水泼来，热气腾腾的选举会一下子被弄得不欢而散。

会后，班主任找他谈心，同学们也围在旁边议论，可小张就是一股劲儿地不肯干。这时，小陆同学毛遂自荐，她对班主任说："老师，让我试试吧。不过，我文章没小张写得好，又不大会画画，但是，我有信心，依靠大家的帮助，努力把墙报办好。"同学们先是一愣，跟着不约而同地鼓起了热烈的掌声。

小陆当上墙报主编后，经常注意发现和总结班中好的学习经验，并及时在墙报上发表出来，供同学们学习。此外，她还选登很多含义深刻的文章和很有趣味的习题，帮助同学们培养学习的兴趣和开拓思路。同学们都说小陆对集体很有贡献。而小陆呢，她在工作中，不但提高了自己的工作能力，也提高了自己各科的学习成绩，得益实在不浅。

请你想一想，是不是多为集体工作就多吃亏呢？

英雄集体，倍出英雄

> 人民是土壤，它含有一切事物发展所必需的生命汁液；而个人则是这土壤上的花朵与果实。
>
> ——别林斯基
>
> 要求于人的甚少，给予人的甚多，这就是松树的风格。
>
> ——陶铸

重于泰山刘胡兰

在解放战争时期，有一位著名的女英雄，她的名字叫刘胡兰。

刘胡兰是山西省文水县人，1932年10月8日出生。

1941年，9岁的刘胡兰上了冬学，开学那天母亲胡文秀在用废纸订成的小本子上端端正正地给她写下了"刘胡兰"3个字，将"富"字有意改成自己的姓氏"胡"字，这一字之差透出了母女间的深情厚谊。

由于连年的战乱，冬学不久就停办了，母亲胡文秀见刘胡兰勤奋好学，便利用在家纺线的机会，用家里盖面缸的石盖片做石板，用石灰块在上面手把手地教刘胡兰认字、写字。

刘胡兰的祖母经常给她和妹妹爱兰讲苦难的家史和村史，父亲刘景谦

经常和乡亲们一起去根据地给八路军送粮食、布匹，他常对女儿说："答应下八路军的事，咱就是拼上命也要完成。"

在艰苦的日子里，平川坚持斗争的八路军日夜活动在青纱帐里，刘胡兰常随情报员为八路军送干粮，传情报。抗日干部们顽强斗争的精神，给了她深刻的教育。

1942年，刘胡兰当上了儿童团长，经常和小伙伴们站岗、放哨，掩护抗日干部。

1944年夏天，抗日政府决定除掉汉奸刘子仁（住在保贤村），刘胡兰知道后，经常操心刘子仁的行踪一天，刘胡兰在下地回家的路口，看见刘子仁向保贤村走上，马上报告了区干部，协助武工队处决了汉奸刘子仁。

1945年1月，文水县工委领导全县万余军民打下了西社据点，夺回粮食50多万公斤，刘胡兰参加了这次大规模的战斗，经受了战火的考验。5月，八路军伏击了偷袭云周西村的日本侵略军，在战斗中，刘胡兰和青年们主动上前线为八路军送弹药，救护伤员。

1945年抗日战争胜利后，蒋介石、阎锡山在帝国主义的支持下，疯狂抢夺抗战胜利果实，发动了内战。刘胡兰在共产党的培养下，投入了新的战斗。

1945年，解放军驻扎在文水县。刘胡兰听说党组织要挑人参加妇女干部学习班，就主动要求去。但是因为她年纪太小了，没有被选上。刘胡兰并没有灰心。一天晚上，她带上行李、瞒了家人跑到学习班去，不管工作人员怎么劝，她就是不走；她奶奶知道了，跑来要带她回家，她就是不回。刘胡兰坚决要求学习的决心，使工作人员很受感动，于是，他们同意她留下来参加学习。

几个月后，刘胡兰学习完毕回村负责村的妇女工作。她积极地组织村里的妇女们做救护解放军伤员的工作，同时组织妇女们纺棉花、织布、做军鞋支援前线。1946年5月，刘胡兰调到区上妇女救国委员会任干事。由于刘胡兰工作积极，一出色地完成各项任务，同年6月，她破格地被吸收进党组织，成了一名光荣的中国共产党党员。当时她才14岁。

刘胡兰在党旗下庄严宣誓："不怕流血，不怕牺牲，困难面前不低头，敌人面前不屈服，为共产主义奋斗终身。"不久，她参加了区委组织的土地改革工作组，回云周西村领导土改运动，正确地执行了党中央的方针政策，出色地完成了任务。

1946年秋天，国民党军队大举进攻陕甘宁边区，住文水一带的八路军调往晋西作战，阎锡山趁机扫荡晋中平川，形势恶化。为了保存革命力量，减少不必要的牺牲，中共文水县委根据上级指示，决定留少数干部组织"武工队"，坚持敌后斗争，大批干部转移上山，刘胡兰也接到上山的通知。但经过锻炼逐渐成熟起来的刘胡兰，想到自己年龄小易于隐蔽，敌后工作更需要她，请求留下来坚持斗争，上级批准了她的请求。在艰苦的环境里，她深入敌区；收集情报，发动群众，开展斗争。经常出入"青纱帐"，隐匿"古墓穴"；配合"武工队"打击敌人，协助"武工队"镇压了云周西村罪大恶极的反动村长石佩怀。

几个敌人扑上来要抓刘胡兰，乡亲们靠在一起保护她。敌人用枪托殴打群众，刘胡兰大声喝道："闪开，我自己会走。"她昂首挺胸向大庙走去。

刘胡兰踏进大庙，大殿下满身血迹的石三槐、石六儿等6位同志巍然屹立，刘胡兰深表敬佩。

她跨进大庙的西厢房。审讯刘胡兰的是阎军军官大胡子连长张全宝，他根据叛徒的告密，已经知道刘胡兰是被捕中唯一的共产党员、区干部，也是年纪最小的一个，妄想从刘胡兰口中得到他所需要的东西，于是，他沉着脸问道：

"你就是刘胡兰？"

刘胡兰响亮地回答："我就是刘胡兰，怎么样？"

"你给八路军干过什么事？"

"只要我能办到的，什么都干过。"

"那么你们村长是谁杀的？"

"不知道。"

"你们区上的八路军都到哪里去了？"

"不知道。"

张全宝一连碰了几个钉子，再也沉不住气了："你，你，你就什么也不

知道?"

刘胡兰镇静地回答:"不知道,就是不知道!"

张全宝想发作,突然,贼眼一转,威胁着说:"现在有人供出你是共产党员。"

刘胡兰知道自己被坏人出卖,她把头一扬,自豪地说:"我就是共产党员,怎么样?"

"你为啥要参加共产党?"

"因为共产党为穷人办事。"

"以后你还会为共产党办事不?"

"只要我还有一口气,就要为人民干到底。"

张全宝万万没有想到,共产党的一个小女孩,竟如此厉害。见硬的不行,就换软的,他奸笑着哄骗说:"自白就等于自救,只要你自白,我就放你,还给你一份好土地……"

刘胡兰轻蔑地说:"给我一个金人也不自白。"

张全宝恼羞成怒,他收起阴险的笑脸,敲起桌子嚎叫:"你小小年纪,好嘴硬啊,难道你就不怕死吗?"

刘胡兰逼进一步,斩钉截铁地说:"怕死不当共产党!"

张全宝无可奈何,站起来无耻地说:"刘胡兰,只要你当众说句今后不再给共产党办事,我就放了你。"

刘胡兰坚定地说:"那可办不到。"

敌人的利诱和威胁都失败了,但他们并不死心,妄图用血腥的屠杀逼迫刘胡兰投降。在大庙西侧广场上放下了铡刀、木棒,刘胡兰和石三槐等同志被押到刑场,他们怒视敌人,匪徒们如临大敌,惊慌失措。

群众们见自己的亲人来到刑场,一下子涌了过去,匪徒们急忙用刺刀阻挡,张全宝气急败坏地逼问群众:"你们说这7个人是好人还是坏人?"群众中立刻爆发出了惊天动地的怒吼:"好人,都是好人。"张全宝慌了手脚,急忙命令匪徒准备屠杀,护村堰上架起了机关枪。

一场惨绝人寰的大屠杀开始了,敌人先将我地下交通员石三槐,民兵石六儿、张年成和干部家属石世辉、陈树荣、刘树山6位同志,用乱棍打昏后，用铡刀一个个杀害了。烈士的鲜血染红了大地，锋利的铡刀卷了刀刃，中华民族的优秀儿女为了祖国的解放，人民的利益献出了宝贵的生命。

张全宝却洋洋自得，指着6位烈士的遗体向刘胡兰嚎叫："你看见了吧，自白不自白，投降不投降？"

刘胡兰怒不可遏，痛斥敌人："要杀就杀，要砍就砍，我死也不自白，共产党员你们是杀不绝的，革命烈火是扑不灭的，你们的末日不远了。"

刘胡兰遥望着吕梁山，仿佛想起了敬爱的伟大领袖毛主席，想起了培育她成长的党，想起了未来的灿烂世界。

张全宝看见刘胡兰在思索，还梦想着刘胡兰能够转变，刘胡兰忽然转过身来，质问他："我咋个死法？"

这惊天动地的声音，宣告了敌人的彻底失败，张全宝阴沉着脸，沙哑地发出了绝望的嚎叫："一个样……"

群众再次向刑场涌来，这情景把敌人惊呆了。

突然，张全宝看到了护村堰上的机关枪，便恶狠狠地叫道："快，快把机关枪调过来，把全村的人统统给我扫光。"敌人的机关枪在向几百名手无寸铁的乡亲们瞄准。

在这千钧一发之际，刘胡兰大义凛然，挺身挡住了枪口，大声喝斥敌人："住手！要死，我一个人死，不许伤害群众。"

刑场就是战场，英雄斗志如钢，刘胡兰昂首挺胸迈着矫健的步伐，向着烈士染红的铡刀走去。

铡刀前，刘胡兰止步回首，泰然自若地告别了父母，告别了养育她的家乡土地和勤苦勇敢的乡亲们。"永别了，乡亲们，战斗吧，同志们，敌人的末日不远了，胜利一定是我们的。"她鄙视了一眼垂死挣扎的敌人，甩了甩披在脸上的短发；仰望翻滚的乌云，环顾万里江山……她坚信，黑夜即将过去，祖国的明天将阳光灿烂，就在生命的最后一息，刘胡兰同志高呼："中国共产党万岁！毛主席万岁！"她从容地走向铡刀……

年仅15岁的刘胡兰英勇就义了，她的事迹传遍了解放区各地。后来毛泽东同志亲笔为刘胡兰题词："生的伟大，死的光荣"。

董存瑞手举炸药包

董存瑞，1929年10月15日出生于察哈尔省（今河北省）怀来县南山堡的贫苦农民家庭，7岁时上过几天学堂，后因家贫而辍学。抗战爆发后，他的家乡成了抗日游击区，他13岁时就曾掩护过八路军干部，当上了儿童团团长。年少的董存瑞机灵聪明，很有骨气，被称为"南山堡的王二小"。

1945年春，董存瑞参加了当地抗日自卫队，同年7月参加了八路军。1946年4月初，在察北重镇独石口遭遇战中，他机智地夺下敌人的一挺机枪而被记大功一次，被部队授予勇敢奖章。

1947年初的长安岭狙击战，他在班长牺牲、副班长重伤的情况下，挺身而出自任班长，如期完成了狙击任务，又立大功一次。至牺牲前，他共立大功3次、小功4次，荣获3枚勇敢奖章和1枚毛泽东勋章。

1947年3月，在平北整训期间，董存瑞入了党。毛泽东提出"打倒蒋介石，解放全中国"的号召后，各战略区的部队纷纷练习城市攻坚战。

董存瑞

当年解放军没有飞机，也缺少坦克，攻坚主要靠有限的炮兵和步兵实施爆破。董存瑞带领的班被师、团领导誉为"董存瑞练兵模范班"，他本人也被授予"模范爆破手"的称号。

隆化战斗打响前，在比武中夺得"爆破元帅"的董存瑞，代表大家表决心:"我就是死后化成泥土,也要填到隆化中学的外壕里去。"

1948年5月初,董存瑞所在部队参加冀热察战役。隆化县城是热河省会承德的拱卫,敌人事先在这里修筑了大量碉堡,有些特殊构筑的暗堡还被称为"模范工事"。

1948年5月25日,进攻隆化县城的战斗打响。董存瑞所在的6连负责拔除敌人核心阵地——隆化中学。临出发前,身为爆破组组长、在比武中夺得"爆破元帅"的董存瑞,代表大家表决心:"我就是死后化成泥土,也要填到隆化中学的外壕里去,让大家踩着我们把隆化拿下来!"他带领战友接连炸毁了敌人3个炮楼5个地堡。打开隆化中学东北角的外围工事之后,敌人隐藏在围墙外干河道上桥形暗堡的机枪突然开火,部队遭受严重伤亡,突击受阻,而派去爆破的战友又一个个在中途倒下。

面对敌碉堡的凶猛火力,董存瑞再次请战,在战友的掩护下冲到桥底。此时,他的左腿被敌人的机枪打断,暗堡的底部离干涸的河床还有段高度,河道两侧护堤陡滑,他两次安放的炸药因没有木托都滑了下来。此时,冲锋号已经吹响,拖延一分钟就会有更多的战友牺牲。董存瑞毅然用身体做支架,左手托起炸药包,右手拉燃了导火索。随着天崩地裂的一声巨响,敌人的桥形暗堡被炸毁,红旗插进了隆化中学。董存瑞用自己年轻的生命为部队的胜利开辟了道路,牺牲时年仅19岁。

在中国共产党领导的人民军队的历史上,董存瑞的英名永远不朽。他舍身炸碉堡的事迹传遍了中华大地,为新中国不惜献身的精神也成为一代代人民战士的榜样。

邱少云视死如归

1952年10月,邱少云所在的连队接受了一项光荣而艰巨的任务,消灭平康和金化之间的三九一高地的敌军。然而三九一高地地形独特,易守难攻。在敌军和我军阵地之间还有3000多米宽的开阔地,是敌人的炮火封锁区。在这样长距离的炮火下冲击，必会导致我军较大伤亡，影响战斗的顺利进行。上级决定采用隐蔽作战，在发起攻击的前一天夜里，把部队潜伏在敌人阵地的前沿，打敌人一个措手不及。要使几百人在敌人眼皮底下隐蔽二十多个小时而不能有一个暴露目标。邱少云和他的战友们毫不畏惧，争相请战。临行前，邱少云下了钢铁誓言：为了战斗的胜利，甘愿献出自己的一切。

深夜，50多名身披伪装茅草的战士，以迅雷不及掩耳的速度在那蒿草丛生的开阔地埋伏了下来。

11日清晨，三九一高地上敌方那层层的铁丝网和一簇簇不暴露我军潜伏秘密，观察所里的指挥员当机立断，下令用炮火将这股敌人全部歼灭。

次日中午，敌人的燃烧弹引燃了他身边的草丛，这时，他只

邱少云

需打滚翻身即可避免烧身。但为了避免暴露目标，他严守潜伏纪律，忍受着烈火烧身的剧痛，坚持一动不动，像一块巨石。直至壮烈牺牲，保证了整个战斗的胜利。

黄昏来临，出击的时间到了。战友们怀着满腔仇恨，高呼着为战友报仇的口号，排山倒海般地向敌人冲运河。才过了20分钟，敌人全部被消灭，三九一高地上飘扬起胜利的旗帜。

战斗结束后，同志们在邱少云潜伏的位置上，看见他用双手在地上抠出的深深的土坑。

1952年10月12日，邱少云牺牲。

40多年来，邱少云的英雄事迹激励着一代又一代人。然而，人们却不知道，这样一位惊天地、泣鬼神的战斗英雄，却差点成了无名英雄。

次日中午时分，敌人向潜伏区打来几发燃烧弹，烈火烧着邱少云的衣

服、鞋袜，直至烧遍他的全身，可他至死都是一动不动。

牺牲时，他年仅26岁。

马特洛索夫式的英雄黄继光

1952年10月14日，美国侵略军开始向上甘岭597.9和537.7北山高地发动疯狂进攻。上甘岭位于朝鲜中部五圣山上，它是志愿军中线的大门，也是扎进敌人心窝的一把钢刀。尤其是上甘岭地区北山的两个高地，像楔子一样打入敌人阵地前沿，给敌人造成极大威胁。敌人在这不到4平方公里的上甘岭小高地上，动用了两个多师的兵力，在大量的飞机、坦克和大炮配合下，连续向537.7高地和597.9高地疯狂进犯，月夜炮声隆隆，硝烟弥漫，志愿军与敌人展开了激烈的争夺战。黄继光在战斗打响后，担负在炮火下送信，传达命令，接电话线，背伤员的任务。连续在敌人的炮火封锁下度过了4天4夜。

10月19日晚，黄继光所在营奉命向上甘岭右翼597.9高地反击。第6连奉命事先夺下6号阵地，再夺取5号、4号阵地，必须在天亮以前拿下0号阵地，为整个反击战的胜利奠定基础。部队接连攻占3个阵地后，受阻于0号阵地，连续组织3次爆破均未奏效。山顶上有一个敌人的集团火力点，使志愿军部队受到压制不能前进。营参谋长立即命令第6连必须炸掉它，同时组织爆破组。从黄昏7时30分到夜晚10时30分，6连已经向敌人发起了5次冲锋，仍未催毁敌人的火力点，许多战士都壮烈牺牲。这时离天亮只有40多分钟了，不拿下0号阵地，就等于没有按计划完成战斗任务，整个反击战的胜利就会受到影响。

关键时刻，时任某部6连通信员的黄继光挺身而出，坚定地要求："把任务给我把，只要我有一口气，我保证完成任务。"他在决心书上写道："坚决完成上级交给的一切任务，争取立功当英雄，争取入党。"参谋长非常信任地说："黄继光，这次任务就交给你，现在我命令你为第6连第6班

代理班长。一定要完成任务！"当即任命他为第6班班长。接受任务后，他立即提上手雷，带领两名战士勇敢机智地连续摧毁敌人几个火力点，正在这时，黄继光、吴三羊和肖登良冲了上去。他们趁照明弹的亮光巧妙地前进，开始敌人没有发现他们，他们3个人交替掩护爆破，很快炸掉了3个小地堡，只剩下最后一个大地堡了。当离敌人火力点只有30多米的时候，这时，吴三羊牺牲了，肖登良也重伤后奄奄一息。黄继光的左臂和左肩中了两弹，血流如注。指导员在敌照明弹的光亮上看见只剩黄继光一个人带着伤在运动时，连忙爬过来用机枪掩护。

在他中弹倒下后，他回过头来望了望，看见他的两个战友都一声不响地躺在那里，爆破的任务就完全落在他的身上，一阵的冷雨落在黄继光的颈子上，敌人的机枪仍然嘶叫着，他从极度的疼痛中醒来了。他每一次轻微的呼吸都会引起胸膛剧烈的疼痛。他四肢无力地瘫痪在地上。

突击队还在敌人的火力压制下冲不上来。后面坑道里营参谋长在望着他，战友们在望着他，祖国人民在望着他，他的母亲也在望着他，马特洛索夫的英雄行为在鼓舞他。黄继光拖着受伤的腿，艰难地向敌人中心火力点前进，慢慢爬到地堡前，只剩下八九米的时候，

黄继光

他挺起胸膛，举起右手向敌人奋力投出一颗手雷。不料这个大地堡很坚固，手雷爆炸后只炸塌了地堡的小小一角，未被炸毁的两挺机枪，又从残存的射击孔里伸出来，死命地吼叫着，志愿军的冲锋又受到阻止。黄继光再次受伤倒下。

这时天就要亮了，40分钟的期限就要到了，战友们看见黄继光突然从地上一跃而起，像一支离弦的箭，张开双臂，向火力点猛扑过去。用自己

的胸膛抵住了正在喷吐着火焰的两挺机关枪。

正在喷吐的火舌突然熄灭,正在死命吼叫的机枪哑然失声,黄继光用他那年轻的生命,开辟了志愿军胜利前进的道路。

黄继光被中国人民志愿军领导机关追记特等功,并授予"特级英雄"称号(另一特级英雄是杨根思);所在部队党委追认他为中国共产党正式党员;朝鲜政府授予他"朝鲜民主主义人民共和国英雄"称号。

"铁人"王进喜

王进喜是新中国第一批石油钻探工人,全国著名的劳动模范。1938年,15岁的王进喜进入玉门石油公司当工人,新中国成立后历任玉门石油管理局钻井队长、大庆油田1205钻井队队长、大庆油田钻井指挥部副指挥。1956年加入中国共产党。

1959年,他作为石油战线的劳动模范到北京参加群英会,看到大街上的公共汽车,车顶上背个大气包,他奇怪地问别人:"背那家伙干啥?"人们告诉他:"因为没有汽油,烧的煤气。"这话像锥子一样刺痛了他。王进喜后来说:"北京汽车上的煤气包,把我压醒了,真真切切地感到国家的压力、民族的压力,呼地一下子都落到了自己肩上。"他曾多次向工友们说:"一个人没有血液,心脏就停止跳动。工业没有石油,天上飞的,地上跑的,海上行的,都要瘫痪。没有石油,国家有压力,我们要自觉地替国家承担这个压力,这是我们石油工人的责任啊!"

会议期间,王进喜听说我国发现了一个新油田,高兴得要。跳起来。他立即写

王进喜

了报告，申请去开发新油田。他说："帝国主义说我们国家缺油，我们石油工人就是要拿下个大油田给他们看看！"

1960年3月，王进喜获准到了大庆，加入了这场石油大会战。他和井队的32个战友一下火车就直奔指挥部。走进办公室，他一不问吃，二不问住，开口就问：

"我们的井位在哪里？"

"钻机啥时能运到？"

……

他听说"井位在马家窑"时，转身就出了门。他和战友在荒原上，整整走了两个小时，才找到了马家窑。

3月的大庆，仍是寒风凛冽，滴水成冰。在一间四壁透风的草棚里，王进喜给大伙生了火，把同志们安排住下。由于草棚实在太小，挤不下这么多的人，他就抱了一堆干草，摸到一个夹道睡下了。

第二天，他睁眼一看，唏！四周全是冰。上面是青天一顶，下面是荒原一片。呈现在王进喜面前的是许多难以想象的困难：没有公路，车辆不足，吃和住都成问题。但王进喜和他的同事下定决心：有天大的困难也要高速度、高水平地拿下大油田。但是，他心里热得很，像有一团火。因为他要给中国人民争气，什么困难他都战胜得了。

钻机到了，吊车不够用，几十吨的设备怎么从车上卸下来？王进喜说："咱们一刻也不能等，就是人拉肩扛也要把钻机运到井场。有条件要上，没有条件创造条件也要上。"他们用滚杠加撬杠，靠双手和肩膀，奋战3天3夜，38米高、22吨重的井架迎着寒风矗立荒原。这就是会战史上著名的"人拉肩扛运钻机"。要开钻了，可水管还没有接通。王进喜振臂一呼，带领工人到附近水泡子里破冰取水，硬是用脸盆、水桶，一盆盆、一桶桶地往井场端了50吨水。经过艰苦奋战，仅用5天零4小时就钻完了大庆油田的第一口生产井。在重重困难面前，王进喜带领全队以"宁可少活二十年，拼命也要拿下大油田"的顽强意志和冲天干劲，苦干5天5夜，打出了大庆第一口喷油井。在随后的10个月里，王进喜率领1205钻井队和1202钻井队，在极端困苦的情况下，克服重重困难，双双达到了年进尺10万米的奇迹。这一世界钻井纪录，展现了大庆石油工人的气概，为我国石油事业立下了汗马功劳，成为中国工业战线一面火红的旗帜。在那些日子里，王进喜身患重病也顾不上去医院；几百斤重的钻杆砸伤了他的腿，他拄着双拐继续指挥；一天，突然出现井喷，当时没有压井用的重晶粉，王进喜当即决定用水泥代替。成袋的水泥倒入泥浆池却搅拌不开，王进喜就甩掉拐杖，奋不顾身跳进齐腰深的泥浆池，用身体搅拌，井喷终于被制服，可是王进喜累得站不起来了。房东大娘心疼地说："王队长，你可真是铁人啊！""铁人"的名字就是这样传开的。王铁人为发展祖国的石油事业日夜操劳，终致身心交瘁，积劳成疾，于1970年患胃癌病逝，年仅47岁。

王进喜干工作处处从国家利益着想，他重视调查研究，依靠群众加速油田建设，艰苦奋斗，勤俭办企业，有条件上，没有条件创造条件也要上，建立责任制，认真负责，严把油田质量关。他留下的"铁人精神"和"大庆经验"，成为我国进行社会主义建设的宝贵财富。1964年，毛主席向全国发出"工业学大庆"的号召。

王进喜身上体现出来的"铁人精神"，激励了一代代的石油工人。"铁人"不仅是工人阶级的先锋战士、共产党人的楷模。他更是一个为国家分忧解难、为民族争光争气、顶天立地的民族英雄。

雷锋："我叫解放军"

"人的生命是有限的，可是，为人民服务是无限的，我要把有限的生命，投入到无限的为人民服务之中去。"这是雷锋同志的崇高愿望，也是雷锋同志对自己的要求。

雷锋于1940年12月18日出生在湖南省望城县简家塘村的一个贫苦农民的家庭里。

雷锋在不满7岁时就成了孤儿。本家的六叔奶奶收养了他。他为了帮助六叔奶奶家，常常去上山砍柴，可是，当地的柴山都被有钱人家霸占了，

让青少年学会 热爱集体的故事

不许穷人去砍。雷锋有一天到蛇形山砍柴,被徐家地主婆看见了,这个地主婆指着雷锋破口大骂,并抢走了柴刀,雷锋哭喊着要夺回砍柴刀,那地主婆竟举起刀在雷锋的左手背上边连砍三刀,鲜血顺着手指滴落在山路上。

1949年8月,中国人民解放军路过雷锋的家乡。雷锋看见宿营的队伍一住下来便向老乡问寒问暖,还帮助老乡挑水,扫地。买柴买菜按价付钱,不拿群众的一针一线,就从心底萌生了要参军的愿望。雷锋找到部队的连长,坚决要当兵,当连长得知他苦难的身世后告诉他还小,等长大了才能当兵,并把一支钢笔送给了他,鼓励他要好好学习,长大了才能保卫和建设中国。

雷 锋

1950年,乡里成立了农民协会,进行了土地改革,雷锋积极投入了这场运动,当了儿童团长,站岗、放哨、巡逻、防止敌人破坏,他还学会了说快板,搞宣传。1950年夏天,乡政府保送孤儿雷锋免费读书。1956年夏天,从荷叶坝小学毕业,几年里,雷锋克服困难、勤奋学习,受到师生的一致好评。他帮助落后的同学,爱护集体的粮食,并与坏分子做斗争,受到学校老师、同学和乡亲们的一致好评。在毕业典礼上,他上台发言,毅然要求留在农村,为建设社会主义新农村贡献自己微薄的力量。

1956年9月,雷锋在乡政府做通信员,11月,年满16岁的雷锋被推荐到望成县委做公务员。1957年,雷锋光荣地年经被评为机关模范工作者。1958年春天,雷锋来到困山湖农场当了一个拖拉机手。1958年9月,雷锋来到鞍钢做了一名C—80推土机手。1959年8月,雷锋来到弓长岭焦化厂参加基础建设。第二年夏季的一天,他带领伙伴们冒雨奋战,保住了7200袋水泥免受损失,《辽阳日报》报道了雷锋抢救水泥的事,赞扬他舍己为人的事迹。雷锋在鞍山和焦化厂工作了一年零两个月,曾3次被评为先进工作者，5次被评为标兵，18次被评为红旗手，荣获"青年社会主义建设积极分子"称号。

1959年12月初，新一年的征兵工作已经开始，雷锋迫切要求参加中国人民解放军，但鉴于焦化厂的征兵名额有限，且雷锋在工地的表现十分突出，领导也舍不得放他走，就不同意他报名。这可急坏了雷锋，他跑了几十里路，来到辽阳市人民武装部向余政委讲起自己的经历，表明他参军的志愿和决心。

武装部的余政委和工程兵派来的接兵的领导专门研究了雷锋的入伍问题，认为他是苦孩子出身，经过实际工作的锻炼，政治素质好，入伍动机明确，虽然身高1.54米，体重不足55公斤，身体条件差些，但他在农场开过拖拉机，在工厂开过推土机，多次被评为社会主义建设积极分子和先进工作者。相信他入伍会成长得更快，最后决定批准雷锋入伍。1960年1月8日，雷锋领到了入伍通知书，随新兵一同由辽阳来到驻地营口市。他作为新兵代表在欢迎战友入伍大会上讲话。雷锋所在团是有着光荣战争历史的部队，他决心以实际行动发扬优良传统，开饭时，他主动给大伙读报，宣传党的政策；休息时，他教大家唱歌，雷锋在这个大家庭里感受到无比的温暖，由于他身小臂力弱，开始练投手榴弹时不合格，他天不亮就悄悄地出去练，十几天后，他终于和其他同志一样，在实弹学习中得到了优秀。

新兵训练结束后，雷锋被分到运输连当汽车兵，"服从革命需要，革命需要我去烧木炭，我就去做张思德；革命需要我去堵枪眼，我就去做黄继光"，这是雷锋向组织上表明的态度。雷锋性格开朗，平时很活跃，教唱歌，办墙报，说快板样样都行，上级领导安排他参加战士演出队，他就起早贪黑地背台词，后来考虑到雷锋的湖南口音与大家的普通话不协调，影响演出效果，他就主动提出换下自己，而集中精力为演出做好后勤工作，大家虽没有看到雷锋的表演，但台上的每一个节目都包含着雷锋的辛勤劳动，和他那处处关心集体，一切服从工作需要的精神。雷锋回到运输连后，便投入到紧张的学习驾驶技术之中去，针对缺少教练车的现状，他带领大家做了一个汽车驾驶台。雷锋废寝忘食地学习技术，被大家一致推举为技术学习小组长。5月份，雷锋成为了一名合格的驾驶员，被分到二排四班，

交给一台 13 号车上了建设工地。

施工任务中,他整天驾驶汽车东奔西跑,很难抽出时间学习,雷锋就把书装在挎包里,随身带在身边,只要车一停,没有其他工作,就坐在驾驶室里看书。他在日记中写下这样一段话:"有些人说工作忙,没时间学习,我认为问题不在工作忙,而在于你愿不愿意学习,会不会挤时间。要学习的时间是有的,问题是我们善不善于挤,愿不愿意钻。一块好好的木板,上面一个眼也没有,但钉子为什么能钉进去呢?这就是靠压力硬挤进去的。由此看来,钉子有两个长处:一个是挤劲,一个是钻劲。我们在学习上也要提倡这种"钉子"精神,善于挤和钻。

1960 年初夏的一个星期天,雷锋肚子疼得很厉害,他来到团部卫生连开了些药回来,见一个建筑工地上正热火朝天地进行施工,原来是给本溪路小学盖大楼,雷锋情不自禁地推起一辆小车,加入到运砖的行列中去,直到中午休息,雷锋被一群工人围住了,面对大家他说:"我们都是为社会主义建设添砖加瓦,我和大家一样,只要尽了自己的一点义务,也算是有一光发一份光吧!"这天下午,打听到雷锋名字及部队驻地的市二建公司组织工人敲锣打鼓送来感谢信,大家才知道病中的雷锋做了一件好事,过了个特殊的星期天。

1960 年 8 月,驻地抚顺发洪水,运输连接到了抗洪抢险命令。雷锋忍着刚刚参加救火被烧伤的手的疼痛又和战友们在上寺水库大坝连续奋战了七天七夜,被记了一次二等功。望花区召开了大生产号召动员大会,声势很大,雷锋上街办事正好看到这个场面,他取出存折上在工厂和部队攒的 200 元钱跑到望花区党委办公室要捐献出来,为建设祖国做点贡献,接待他的同志实在无法拒绝他的这份情谊,只好收下一半。另 100 元在辽阳遭受百年不遇洪水的时候捐献给了辽阳人民。在我国受到严重的自然灾害的情况下,他为国家建设,为灾区捐献出自己的全部积蓄,却舍不得喝一瓶汽水。

团党委树立雷锋为艰苦奋斗,勤俭节约标兵后,雷锋更加严格要求自己。1960 年 10 月以后,雷锋先后担任了抚顺市建设街小学(即现在的雷锋小学)和本溪路小学校外辅导员。雷锋平时工作、学习都很忙,他只能利用午休时间或风雨天不能出车的日子请假到学校去找教师,同学谈心,或进行其他辅导活动。他善于团结小朋友，启发他们好好学习，天天向上。雷锋以高度的使命感、责任感，辛勤培养下一代茁壮成长。共青团抚顺市委为表彰雷锋的事迹，曾于1962年5月28日颁发奖状，上面写着："奖给优秀辅导员雷锋同志，保持光荣，继续前进。"

1960年11月8日，雷锋光荣地加入了中国共产党。

1960年底，雷锋事迹被以《苦孩子好战士》为题在报刊发表后引起强烈反响，各地邀请他作报告的单位越来越多，他以一部血泪斑斑的家史，告诉人们不要忘记过去，激励人们在建设祖国中团结一致，更坚定地去战胜困难。应广大人民的要求，连里把雷锋事迹搞了一个展览室，中国人民革命军事博物馆也来人收集雷锋的事迹。

从1961年开始，雷锋经常应邀去外地作报告，他出差机会多了，为人民服务的机会就多了，人们流传着这样一句话："雷锋出差一千里，好事做了一火车。"

有一次，雷锋在沈阳换车的时候，他走出检票口，看见一群人围着一个背着孩子的中年妇女。这个说："你再找一找，看有没有放在别的口袋？"那个说："到吉林的车快开了，大伙帮她找一找。"雷锋见那中年妇女很着急地把所有的衣袋翻了一遍又一遍，就上前问她：

"大嫂，你的车票丢了吗？"

"我从山东来，到吉林去看望孩子他爹，不知什么时候，车票和钱都丢了。"

雷锋摸摸自己的衣袋，说："大嫂，你别急，跟我来吧。"

那中年妇女跟着雷锋来到售票处，雷锋用自己的津贴费买了一张车票，塞到她的手里，说："大嫂，快拿去上车吧，车快开了。"

那大嫂看着手中的车票，眼里含着热泪说："大兄弟。你叫什么名字？是哪个单位的？"

雷锋笑了笑，说："我叫解放军，就住在中国。"

5月的一天，雷锋冒雨要去沈阳，他为了赶早车，早晨5点多就起来，带了几个馒头就披上雨衣上路了。路上，看见一位妇女背着一个小孩，手还领着一个小女孩也正艰难地向车站走去。雷锋脱下身上的雨衣披在大嫂

身上，又抱起小女孩陪他们一起来到车站，上车后，雷锋见小女孩冷得发颤，又把自己的贴身线衣脱下来给她穿上，雷锋估计她早上也没吃饭，就把自己带的馒头给她们吃。火车到了沈阳，天还在下雨，雷锋又一直把她们送到家里。那位妇女感激地说："同志，我可怎么感谢你呀！"过年的时候，战友们愉快地在一起搞些各种文娱活动。雷锋和大家在俱乐部打了一阵乒乓球，就想到每逢年节，服务和运输部门是最忙的时候，这些地方是多么需要人帮忙啊。他放下球拍，叫上同班的几个同志，一起请假后直奔附近的瓢儿屯车站，这个帮着打扫候车室，那个给旅客倒水，雷锋把全班都带动起来了。雷锋就是选择永不停息地，全心全意地为人民做好事，难怪人们一见到为人民做好事的人就想起雷锋。

1961年9月，全团上下一致推举雷锋为抚顺市人大代表。雷锋参加完人代会回到连里就担任了二排四班班长，在他的带领下，四班成了"四好班"，雷锋也成了全连的四好班长。一天傍晚，天下起大雨，雷锋见公路上一位妇女怀里抱着小孩，手里还拉着小孩，身上还背着包袱，在哗哗的大雨中一步一滑地走着，雷锋忙上前一打听，才知道这位大嫂从外地探亲归来，要去十几里外的樟子沟去，她着急地说："同志啊，今天雨都把我浇迷糊了，这还有孩子，我哭也哭不到家啊！"雷锋把雨衣披在大嫂身上，抱起那个大一点的孩子冒雨朝樟子沟走去，宁可自己淋得透湿，一直走了两个多小时，才把她们母子送到家。

雷锋把自己的藏书拿出来供大家学习，被人们称为"小小的雷锋图书馆"。他帮助同志学习知识，同班战友乔安山文化程度低，雷锋就手把手地教他认字、学算术。同班战友小周父亲得了重病雷锋知道后以小周的名义给家里写了信又寄去10元钱。战友小韩在夜里的出车中棉裤被硫酸水烧了几个洞，雷锋值班回来发现后，把自己的帽子拆下来一针一针地为小韩补好裤了，轻轻地盖在他身上。知道这个情况的乔安山说："为了给你补裤子，雷锋半宿都没睡！"

雷锋的照片、日记和模范事迹，通过报纸、电台作了广泛的宣传，雷锋陆续收到来自全国各地热情赞扬他的来信，他在日记中写下了这样一段话："我的一切都是党给的，光荣应该归于党，归于热情帮助我的同志，至于我个人做的工作,那是太少了,我这么一点点贡献,比起对我的要求和期望还是很不够的。"

1962年8月15日上午8点多钟,细雨霏霏,雷锋和他的助手乔安山驾车从工地回到驻地。他们把车开进连队车场后,发现车身上溅了许多泥水,便不顾长途行车的疲劳,立即让乔安山发动车到空地去洗车。经过营房前一段比较窄的过道,为安全起见,雷锋站在过道边上,扬着手臂指挥小乔倒车转弯;"向左,向左,倒!倒!"汽车突然左后轮滑进了路边水沟,车身猛一摇晃,骤然碰倒了一根平常晒衣服被子用的方木杆子,雷锋不幸被倒下来的方林杆子砸在头部,当场扑倒在地,昏过去。战友们立即用担架把他送到附近医院抢救,各级首长立即赶到了医院,同时以最快速度把沈阳的医疗专家接到雷锋床前。由于颅骨损伤,导致脑机能障碍,雷锋这个劳动人民的好儿子,中国共产党的优秀党员,年仅22岁,就这样和我们永别了!8月17日,在抚顺市望花区政府礼堂召开隆重的追悼会。近10万人护送雷锋的灵柩向烈士陵园走去。

1963年1月,国防部命名雷锋生前所在的班为"雷锋班",共青团追任雷锋为全国少先队优秀辅导员,解放军总政治部,共青团中央,全国总工会,全国妇联相继发出关于学习雷锋的通知,《人民日报》、《解放军报》、《中国青年报》等相继发表社论,评论和介绍雷锋事迹的文章。1963年3月5日,首都各大报纸发表了毛泽东主席的光辉题词:"向雷锋同志学习。"雷锋,这个光辉的名字,在我们的心中闪烁着不灭的光辉。他把自己旺盛的青春全部献给了党,献给了人民,他的高尚的理想、信念、道德、情操,必将在我们青少年一代身上不断发扬光大,他那不可磨灭的美好形象,将永远活在我们的心中。

雷锋等所有为人类的幸福,为了共产主义事业而贡献自己一切的人,不管他们所做的事是多么平凡、细小,都是伟大的、动人的,值得颂扬的,因为它在平凡的岗位上做出了不平凡的事业,为祖国、为党奉献自己的一切。革命的集体主义精神是无自私自利的忘我的精神,是无穷的力量源泉,是一切崇高的思想和行为的基础。

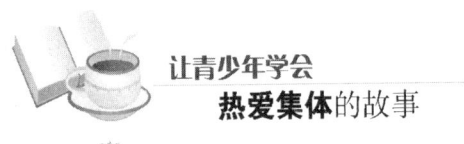

黄继光式的战士张映鑫

在中印边境自卫还击战中,有一位黄继光式的英雄,为炸掉印军的地堡,给反击部队开辟通道,毅然用身体堵住塞进了手榴弹的地堡枪眼,无畏地献出了年轻的生命。他就是西藏边防部队某部九连副班长张映鑫。

1962年9月,入侵的印度军队在我西藏克节朗沙择绕桥进行武装挑衅,打死打伤我边防哨所的官兵。根据上级的命令,张映鑫所在的九连官兵,放下了秋收的刀镰,奔赴边防前线。

沿途,藏族农民为边防部队平路洒水,挥手相送。在人民期待的目光中,张映鑫看出他们是在盼望着击退入侵的印军,为他们保住民主改革的胜利果实。张映鑫向带领他们的副教导员请求,要求参加突击队,在战斗中杀敌立功,报效祖国人民。副教导员鼓励他说:"这次执行的任务会很艰巨,要有经受最严峻考验的思想准备,你是四川人,在最困难的时刻,要想想你们的好

中印边境自卫还击战

老乡、好战士黄继光,这会给你带来夺取胜利的力量。"张映鑫毫不含糊地回答说:"请首长放心,我一定会像黄继光那样,为祖国人民争光。"

我边防部队被迫开始自卫反击的时刻到了。九连当面的印军阵地,是一个密集的地堡群,像一群乌龟缩在一个小高地后面。高地上也摆了3个地堡,好似触角控制了通往地堡群的道路。张映鑫所在的一排,成了反击部队的一把尖刀,他们的任务就是清除掉小高地上的三座地堡,为反击部队打开道路。

指导员在动员的时候,一再强调:"要快!必须快!让反击部队尽快展开!"张映鑫在战斗小组会上,指着身边的战士李代良说:"我牺牲了,他指挥,打到最后一个人,也要打开反击道路,决不能给祖国人民丢脸!"

黎明时分,霞光射进了张映鑫他们作为进攻出发阵地的森林。边防部队的大炮怒吼了!反击的冲锋号一响,一排战士跃出森林,冲过入侵印军枪炮喷出的"火墙",迅速接近了小高地。

第一座地堡里的机枪开始疯狂地喷射出弹雨,冲在前面的一班,被压倒在阵地上。张映鑫观察了一下地形,大声呼喊:"同志们,为祖国人民立功的时候到了!"随即率领战斗小组猛插到地堡的左侧,用火力吸引敌人。地堡里的印军慌乱了起来,顾了东就顾不了西。一班战士冲上去,用手榴弹炸毁了这个地堡。

张映鑫绕过山坡,正好冲到剩下的两座地堡中间。两座地堡一上一下,用火力严密地封锁了山腰。张映鑫向上猛冲,用冲锋枪打着点射,跟着又投进一颗手榴弹。他以为第二个地堡也被收拾了,转过身招呼战斗小组快上,迅速跳入堑壕,准备向第三座地堡冲去。

不料,第二座地堡又复活了,喷出了火舌,同时投出手榴弹,飞过张映鑫的头顶,落到坡下爆炸了。

张映鑫在堑壕里直起身来,举手又把一颗手榴弹塞进地堡的枪眼里,但是,手榴弹又被地堡里的敌人反投出来,炸响在山坡上。

弹片飞扬,烟雾弥漫,这时一排战士已经冲到了山坡下了,硝烟中,战士们的面容都能辨别了,张映鑫意识到了情况的严重。全排已陷入了这两座地堡火力前后夹击的境地。他看着头上的地堡,火力正冲着下方,对全排构成极大的威胁。在它的掩护下,第三座地堡也在疯狂地向冲锋的战士们开火。多等一秒钟,就不知要有多少战友流血牺牲。

张映鑫从弹袋里迅速拿出一颗手榴弹。这是最后一颗手榴弹了!必须让它在地堡里爆炸,才能消灭敌人,解除下面战友的威胁,打开反击道路;如果再被反投出来,下面的战友就会被杀伤。

张映鑫直起身体,拉掉导火索,抡起右手,狠命地把手榴弹摔进了地堡。但是地堡的敌人拣起这颗手榴弹又要往外投,在这万分紧急的一刹那,

只见张映鑫把冲锋枪猛甩到身后，身体一跃扑向了枪眼。

他双手紧抓地堡顶盖上露出的梁木，撑着身体不向下滑，双腿正好堵住了射孔。身后的战友见此情景都急了，连声高喊"二班副，你快躲开！"张映鑫好像什么也没听见，仍牢牢地堵在射孔上。几秒钟后，一声撕裂心肺的轰响，手榴弹在地堡里爆炸了。呛人的硝烟和惨叫声，从枪眼里冲出来。张映鑫松开双手，倒在枪眼下。

张映鑫此时神态还是清醒的，只觉得双腿阵阵剧痛，如同钢针刺在心窝，他的双腿被炸断了。但他此时想到的不是自己，而是不能让地堡再次复活。他忍着伤痛，艰难地把冲锋枪伸进枪眼，把仇恨的子弹暴雨般地向地堡倾泻……

张映鑫的行为激励着战友们，他们高喊着："为张映鑫同志报仇！"冲了上去。

一班副唐焕章奔上来，双手把张映鑫抱进堑壕，急忙为他包扎。张映鑫推开他的手说："不要管我，我的伤不要紧，你赶快上去！"

副教导员上来后，张映鑫迫不及待地问："同志们上去了吗？""上去了。你们排打得很好！三分钟突破前沿，反击道路打开了。"副教导员招呼担架，把张映鑫抬下去。

张映鑫因伤势过重，终于为祖国流尽了最后一滴血。

张映鑫的英勇行为鼓舞着边防战士！反击部队似滚滚江水奔流，势如破竹，锐不可当！

用身体滚雷的罗光燮

在中印边境自卫反击战我军清除入侵印军某号据点的战斗中，边防某部工兵连一排二班战士罗光燮，在左腿炸伤、手中缺少排雷工具的情况下，舍身用肉体连续滚雷，为我反击部队开辟了胜利的通道。

1962年10月20日，印度军队在西藏、新疆边境发动了全面的大规模武装进攻。我军的哨所被印军围逼，人员被印军的炮火杀伤。在忍无可忍、退无可退的情况下，我边防部队被迫进行自卫还击。

罗光燮和工兵连的9名战友同步兵执行爆破任务。在战斗中，他为了动作灵便，不顾零下四十多度的酷寒，竟甩掉手套，赤手紧握爆破筒，勇猛前进。不管是冲锋还是卧倒；不管是冰坡，还是雪地，他始终紧握爆破筒。爆破筒是个铁家伙，在零下40多度的严寒中，用一双肉手握着，能挺多长时间？罗光燮的手冰冷了，他坚持握着爆破筒：麻木了，还是没有放下。

战斗结束后，他发现自己的手被冻伤了，皮肤红肿起泡，检查结果是二度冻伤。连长让他住院治疗，他说什么也不肯下火线，直到又一次战斗结束，他才被强迫住了院。

罗光燮

自卫反击战继续进行着，工兵连接到了配合边防某部四连反击某号据点的入侵印军的命令，开始了新的战前准备。某据点是印军入侵我国境内的重要阵地，它背后就是印军军用机场和指挥中心。在这里，入侵的印军构筑了坚固的环形工事，十几个碉堡互为依托，还在阵地前沿埋设了密密麻麻的地雷。十几辆坦克经常蹲守在阵地。印军还装备了美国援助的最新式大炮，天天试炮，附近山上的雪都被炸光了。看来，一场恶战是在所难免了。

就在战斗前夕，罗光燮伤还没完全好，就跟医生磨着提前出院，回到了连队。

战斗开始后，副排长奉令带一班第一小组去排除地雷，但被印军密集的炮火封锁住了前进的道路。

通信员又传来了指挥部首长的命令：要在入侵印军援军赶到前，坚决把据点清除掉！

作为工兵连的战士，懂得自己的责任：迅速排除地雷，打通前进道路。

排长王奇芳大声命令:"三班上!注意,雷场上盖着雪,要小心!"愤怒的罗光燮忘了自己是二班的,一弓身就要冲上去,班长张铭做一把抓住了他,严厉地说:"听命令,不能擅自行动!"罗光燮只好又趴下。山脊梁被好几道拦阻炮火戳断,闯不过这几道封锁线,休想接近雷场。突然,一阵浓浓的炮火硝烟散去后,前进道路上的战士不见了。

排长命令:"二班上!"二班战士冲上去了,带头前进的是罗光燮!只看他,脖子上围着一条白毛巾,肩上背着枪,双手紧握爆破筒,闪电一般在前面。子弹在呼啸,炮弹在轰鸣。罗光燮敏捷地卧倒、跃起,冲上斜坡,接连闯过两道炮火封锁线。

斜坡下面就是雷区,罗光燮停下来,把手中的标志旗放在一块大石头后面,随后又前进了。显然,他是准备在开辟了道路后,回来用这些小旗给步兵做出前进道路的标记。

罗光燮冲进了雷区,后面的步兵战士都屏住呼吸,注视着他。就在罗光燮刚刚迈进一片黄毛草滩的时候,忽然轰的一声,罗光燮踩上了一颗防步兵人马压发雷,他的左腿被炸断了,手里的爆破筒滚到了山坡下边。罗光燮昏倒了。

后面的战士个个都瞪大了眼睛,紧张地望着看着这一切。只见罗光燮动了一下,接着又费力地支撑着坐了起来。他一手支撑着身体,仰脸望了一眼印军的碉堡,又环顾一下四周,像是在找爆破筒,但什么也没有找到。

突然,罗光燮转过脸来,在炮火硝烟中,向后面的战友举起了一只手。紧接着,只见他带着负伤的躯体,猛地扑倒,向雷区的纵深滚去!轰的一声,罗光燮的右臂又被炸掉了。然而,罗光燮还在滚动着,顽强地滚动着。他是用自己那已经负伤的身体,触动地雷,开辟道路!轰,又是一声巨响,雷区爆起黑色烟柱,白雪、碎石被炸向两边。雷区被打通了,罗光燮却为祖国献出了年轻的生命。

反击部队踏着罗光燮开辟的道路,怀着无比的仇恨,勇猛地冲了上去,经过激战,胜利地清除了这个入侵印军的据点。

生命不息，冲锋不止的于庆阳

在珍宝岛自卫反击战中，出现了一位"生命不息、冲锋不止"的战士，他在战斗中不怕牺牲，身负重伤后，继续射击、冲锋，为突击队开辟道路，直至牺牲。他就是被中央军委追授"战斗英雄"称号的于庆阳。

珍宝岛位于中国黑龙江省虎林县境内乌苏里江主航道中心线中国一侧，面积不足1平方公里。20世纪60年代开始，中苏两党争论不断升级，两国间的边界冲突也逐渐加剧。1964年以后，苏联在中苏边界大量增兵，恶化边界形势，制造了一系列流血事件。珍宝岛地区是双方边界斗争的焦点之一，1967年以后，

珍宝岛自卫反击战

苏军几十次侵入该地区，推拥、殴打以至开枪射击和用卡车、装甲车挤压中国巡逻人员和边境群众，多次打伤执行正常巡逻任务的中国边防军人，抢走枪支弹药。由于中国边防部队一再克制忍让，事态才没有进一步扩大。但是，苏联边防军认为中国的忍让是软弱可欺，他们在珍宝岛地区的入侵挑衅活动，愈演愈烈。中国边防部队在忍无可忍的情况下，不得不对苏联边防军的武装入侵进行反击。面对苏军的武装挑衅，中国边防部队某部特务连战士于庆阳非常气愤，作为一个贫农的儿子，1963年入伍的老兵，共青团员，他积极参加部队的战备训练，并连续写了8份决心书、求战书，要求参加巡逻组和突击队。他的要求得到了批准。

1969年3月2日，珍宝岛地区冰天雪地，气温为零下27摄氏度。上午8时40分，中国边防部队公司边防站派出例行巡逻分队，分成两个组对珍

宝岛进行巡逻。于庆阳所在的第一组在站长孙玉国的带领下，沿乌苏里江中国境内冰道进行巡逻。当抵近珍宝岛时，苏联边防军立即从位于珍宝岛上游的下米海洛夫卡和下游的库列比亚克依内两个地方，出动70余人，分乘2辆装甲车、1辆军用带篷卡车，向珍宝岛急速驶来。苏联边防军头戴钢盔，荷枪实弹，抢先侵入珍宝岛。苏军下车后，就阻止中国边防巡逻分队登岛巡逻。中国边防巡逻组当即发出警告，令其从中国领土上撤走，同时，为避免事态扩大，中国边防巡逻组主动向岛内后撤。但是，苏联边防军却摆开战斗队形，持枪步步进逼，并以1个班的兵力向第一巡逻组左翼穿插，企图切断这个巡逻组的退路。面对这种严重情况，于庆阳和战友们毫不示弱，继续巡逻。9时17分，苏联边防军另一个小队迂回到第一巡逻组的右侧。在形成了对第一巡逻组的三面包围态势后，突然向这个巡逻组开枪射击，当场打死打伤中国边防战士6人，于庆阳和其他战士在孙玉国的指挥下，奋起自卫反击，打击入侵者。第二巡逻组听到枪声后，在班长周登国的指挥下，行动迅速地穿插，迎头拦住了苏联边防军上尉小队长伊万率领的迂回分队，并给以沉重打击。面对中国边防部队的英勇抗击，苏军的装甲车凭借火力优势，拼命地开枪开炮，其中1辆装甲车侵入珍宝岛北端的江叉，企图从侧后攻击岛上的中国巡逻分队。中国边防部队当即以猛烈的火力将其击退，并抓住战机转入反击。但是，隐藏在丛林中的苏联边防军的机枪突然吼叫起来，中国边防部队的反击受阻。这时，被压制在雪地里的于庆阳显得格外沉着冷静，他趁着苏军机枪暂停射击的一瞬间，猛地从隐蔽点跃起，向苏军机枪火力点的方向冲击。此时，丛林深处苏军的另一挺机枪也响了起来，对中国边防部队构成了新的威胁，于庆阳当机立断，掉转枪口，予以还击，苏军的这挺机枪立即停止了叫响。就在于庆阳继续向前冲击时，一颗子弹击中了他头部太阳穴的上方，使他昏倒在地。不久，他稍稍清醒后，猛然站立起来，端起冲锋枪，向敌人射击。剧烈的疼痛，使他再一次倒下失去了知觉。卫生员跑上来给他包扎，看到他毫无知觉，以为他牺牲了，难过地说："庆阳，你安息吧，我一定给你报仇！"战场上激烈的枪炮声把于庆阳从极度昏迷中又惊醒过来，这时他只有一个念头，就是要继续战斗，他以非凡的毅力，扯掉了头上蒙住眼睛的包扎纱布，拣起冲锋枪,一边射击,一边又冲出了五、六步,耗尽了生命的最后一点余焰,英勇地倒在了祖国的土地上。这时,丛林深处的苏军机枪还在吼叫,苏联边防军的增援人员也赶到了,在这腹背受敌的紧要关头,中国边防战士在于庆阳精神的激励下,高喊着"为于庆阳报仇!"向苏军发起了猛烈的反击,消灭了苏军一个又一个火力点。经过1个多小时的激战,迫使入侵的苏联边防军退回江面,登上装甲车撤回苏联境内。

这次战斗,中国边防部队给入侵之敌以歼灭性打击,共打死打伤苏军60余人(其中击毙38人),击毁装甲车、指挥车、卡车各1辆,击伤装甲车1辆。于庆阳等17名中国边防部队的官兵,也为保卫祖国献出了年轻的生命。

对越自卫反击战英雄史光柱

在1984年收复老山的战斗中,史光柱是某团四班班长,代理排长。在攻击敌人阵地过程中,史光柱先后四次八处负伤,左眼球被打掉了,右眼球被打进两块弹片,一直坚持指挥战斗,带领全排攻占了57、50号高地,完成了上级交给的作战任务。史光柱尽了一个革命战士应尽的责任,党和人民给了他很高的荣誉,中央军委授予史光柱"战斗英雄"的光荣称号。

史光柱所在的部队接受了作战任务后,他的心情和大家一样兴奋。史光柱给党支部写了血书,请求担负最艰巨的任务,决心在战斗中"宁可前进一步死,决不后退半步生;宁可死在山顶,也不死在山脚"。

战斗英雄史光柱

在临战训练中，结合班里的任务，史光柱带领全班同志夜以继日地反复演练在山岳丛林里作战，怎样既便于指挥，又便于联系，便于协同。1984年1月，连队党支部根据史光柱入伍以来特别是接受作战任务以来的表现，批准史光柱加入了中国共产党，还指定他为战中排长的第一代理人。让史光柱回家看一看。史光柱很思念母亲，多么想看一看她老人家。但是，史光柱懂得，一个革命战士，一个共产党员，在这即将奔赴战场的时刻，应当怎样做，史光柱给家里写了一封信，向父母讲述了越军在边境武装挑衅，占我领土，杀我边民，毁我田园的累累罪行。告诉父母亲，他正准备执行任务，不能请假。史光柱相信父母亲身为20多年党龄的老党员，理解他的心情。在信的最后，史光柱写道：''亲爱的爸爸，当你受到这封信的时候，也许我已经上了战场。你老人家等候我杀敌立功的喜讯吧！我一定让你老人家看到我的军功章。如果我牺牲了，你收到军功章，不要难过。如果不牺牲，战后我就带着军功章回来看望你老人家。那时你会自豪地微笑，你会说我无愧于党的培养，是你的好儿子。"

4月28日凌晨，战斗打响了，史光柱排的任务是：先攻占57号高地，尔后配合一排夺取越军连部所在的50号高地。史光柱的四班是二排的主攻班。6时30分，史光柱排利用炮火急袭效果发起攻击。敌人进行炮火拦阻，封锁我们进攻的路线。当他们冲击到58号高地于57号高地之间时，代理排长刘朝顺被炸成重伤。史光柱扑过去给他包扎，刘朝顺断断续续地对他说："四班长，现在全排由你指挥，一定要打好，不要为我们排抹黑！"史光柱说："排长，放心吧，只要我不死，一定带领全排完成任务！"由于排长伤势很重，史光柱把身上带着的3个急救包给排长包扎好，便把指挥机接过来，向连长报告了情况，连长当即决定，二排由史光柱指挥，并命令他们迅速向57号高地进攻。史光柱判断了一下方位，带领全排向57号高地冲去。冲击中，遇到三排的同志，史光柱听战士们说，三排长、九班长负伤了，八班长牺牲了。于是，史光柱就让他们和自己排一起战斗。

57号高地左侧山包上两个机枪火力点向史光柱们猛烈扫射，老山主峰上的高射机枪也不停地射击，两个战士在冲击中壮烈牺牲，全排被敌火力压得抬不起头来。史光柱想，应当先敲掉敌火力点。于是，史光柱指挥大家散开队形隐蔽后,低姿爬到一颗横道的大树旁便仔细观察,看准敌人一个正在喷着火舌的机枪火力点,迅速拿起牺牲在史光柱身旁的战士的火箭筒,一发火箭弹将敌机枪打哑了。史光柱猛地向右滚出2米,敌另一火力点向史光柱刚才的位置一阵扫射。史光柱指挥机枪压制敌火力,命令八班火箭筒手李林端干掉敌第二个火力点。李林端连射两发火箭弹,消灭了这个火力点,于是全排又向前冲去。

史光柱翻过一棵被炮弹炸断倒在地上的大树,向前跑了四五步,刚卧倒,左侧树林中就向史光柱打来几梭子子弹,"嗖嗖"地在史光柱身边飞过,史光柱觉得左小腿一热,意识到负伤了。史光柱猛地掉转枪,往树林里一阵扫射,树林中没有动静了。史光柱伸了伸腿,感觉到伤不重,来不及看伤口就又向前冲击。冲到阵地上,史光柱向盖沟里打了一个点射,有个敌人刚想逃命,被史光柱和几个战士同时开火击毙。这时,史光柱发现敌环形工事火力点较多,冷静地一想,应该军事打击与政治瓦解相结合,就叫战友对敌人实施战场喊话:"缴枪不杀!""你们被包围了!"这时,顽固的敌人打来一梭子子弹,把史光柱们喊话的话筒打坏了。史光柱非常气愤,立即命令早已准备好的3个火箭筒手,连打了两个齐射,敌工事炸垮了。

同志们很解恨。史光柱带领战士发起冲击。一个成都入伍的战友为了掩护史光柱,被敌人一发子弹打掉了下巴和牙齿。史光柱命令一位新战士把他抢下去,他挣脱战友,在史光柱胸口重重地打了一拳。他已经不能讲话,只能用这一拳来表示他不下阵地的决心。他匀握轻机枪与敌人对射,毙敌一名后,胸部又中弹,光荣牺牲,后来,史光柱在这位战友身上发现了一个鲜血染红的笔记本,上面记着这样一段话:"战友们,如果我牺牲了,我还欠四班刘有宏15元,请我的父母还了。"他的副射手无比愤慨,端起轻机枪继续与敌人对打。打死了两个敌人,可是,不幸也中弹牺牲了。牺牲前他对史光柱说:"排长,你回去时,一定要去看看我的母亲,她有病。"

史光柱对战友说,牺牲我们自己,是为了更多的同龄人不再牺牲;我们的父母亲痛苦,是为了千万个父母亲不受痛苦。

史光柱化悲痛为力量，打得更加勇猛，和3排一起攻占了57号高地。史光柱迅速调整了一下战斗部署，带领战士们开始攻打50号高地，50号高地位于老山主峰东侧，上面有敌人一个连部。高地由三个小山包组成。敌人在正面设有堑壕、交通壕、防步兵绝壁、不规则的雷场和铁丝网，形成以高射机枪、重机枪、无后座力炮交叉火力和明暗火力相结合的防御体系。史光柱和代理副连长李金平分析了地形、敌情，决定采取正面牵制、侧翼攻击的战术。史光柱对全排同志说："战友们，有的同志为夺取战斗胜利已经献出了生命，我们一定要冲上高地，为牺牲的战友报仇！"

各班按照区分的任务，猛虎般地向50号高地冲击。敌炮火随着高地上越军打来的曳光弹，在史光柱们身边"轰轰"地爆炸着。史光柱刚冲到一棵树旁，一发炮弹在离他头顶4米高的一根树枝上爆炸，同时，右侧也有一发炮弹接着爆炸。史光柱只听"轰"、"轰"两声巨响，左肩打进四块弹片，血肉模糊，钢盔飞了出去，头部被一块弹片击中，左耳一阵剧痛，身体被气浪掀起两三米，顿时昏迷过去。为史光柱包扎的战友连声呼喊："排长，排长！"史光柱从昏迷中被战友们喊醒，伤口一阵剧痛，脑袋"嗡嗡"地叫，左耳朵什么也听不见。史光柱睁眼一看，排里的战士们一双双焦急的眼睛在望着他，并告诉他第一次冲击受挫。

史光柱当时想，全排等着他指挥，排长委托他的任务还没完成，自己不能倒下。史光柱咬着牙站起来，立即组织第二次冲击。这时，李副连长来到史光柱身边，对他说："光柱，你已经几处负伤，下去吧，我带部队冲击。"史光柱说："不，你是副连长，责任比我大，在后面指挥，我带同志们上！"在史光柱的带领下，大家勇猛地向50号高地扑去。敌人的冲锋枪、机枪、明暗火力一起吼叫，曳光弹到处乱飞，史光柱呼唤炮火及时支援，全排迅速突击到敌阵地前沿。

这时，一排也冲了上来，两个排会合在一起。史光柱的左肩肿胀起来，他不顾这一切，和代理副连长李金平一起指挥大家向前发展。在一片缓坡地带，遇到了敌人的雷场，史光柱命令使用地雷开辟器，打开了50多米长的通路。通过雷区后，是敌人设置的防步兵绝壁，高处约3米，低处约2米。史光柱选了一个位置，组织战士们攀了上去。一登上绝壁，史光柱和副连长立即组织火力猛烈压制山头上的敌人，四班、五班交替掩护前进，很快攻下第一道堑壕。史光柱率先跳下堑壕，带着战士们向第二道堑壕发展。

　　在距第二道堑壕20余米的地方，敌人一排手榴弹砸来，史光柱第三次负伤，一块弹片打在喉部，一块弹片击进左膝。战斗到了最关键的时刻，这时史光柱虽已是五处负伤，但一刻也没有犹豫，命令机枪掩护，又继续向前冲去。在离敌前沿堑壕两三米的地方。史光柱身旁的代理副连长李金平踩响一颗压发雷。史光柱只觉得左眼像刀猛戳了一下子，脸部打进几十块地雷碎片，血肉和飞起的泥土堵住了他的嘴，闷得透不过气来，两眼什么也看不见了。史光柱用右手往嘴巴上抹了一把，喘了一口气，又在左脸颊摸了摸，摸着一个肉团子，想扯下来。拉了一下，左眼钻心的痛，他估计这是左眼球被打出来了。史光柱喊了一声："副连长！"身旁的战士说："副连长的左小腿被炸断了。"史光柱想，失去了指挥员，战士们就像失去了主心骨。敌人眼看就要崩溃，最后的胜利就在于再坚持一下的奋战之中，我只要还有一口气，就要挺住。

不倒的国旗

　　于是史光柱忍着伤痛，摸摸索索地扶着一颗小树站起来，高声喊道："同志们，现在是最关键的时刻，为党为人民杀敌立功的时候到了，向前冲啊！"同志们高喊着："为排长报仇！位牺牲的战友报仇！冲啊！"史光柱的

血流得过多,有点顶不住,心想:我决不能死在第二道堑壕,我死也要死在顶峰上去。史光柱摸起冲锋枪,向前吃力地爬去。不知什么时候,他摔进堑壕里,昏了过去。史光柱一醒来,就问:"高地拿下来没有?"这时,只听见已来到史光柱身旁的连长带着哭声对他说:"史光柱,高地拿下来了,你的任务完成得非常出色。"

同志们把史光柱从阵地上抢救下来,送到了医院。医生从史光柱浑身是血的身上,检查出8处负伤,其中6处是重伤,双眼、脸部、喉部、左耳、左右臂膝上有大大小小的弹片好几十块,仅从脸上取出的碎弹片就有一小把。

虽然史光柱的伤势很重,但他咬着牙坚持不哼一声。史光柱对医生说:"别的伤不要紧,能给我保住眼睛就行了。有了眼睛,还可以看到战友,看到连队,重返前线。"医生告诉史光柱,左眼球要马上摘除。史光柱当时很难过,但心想:左眼球战场上就掉出来了,保不住就算了,能留下一只右眼也可以。史光柱当时还不知道,自己的右眼也打进两块弹片,眼球已经破碎,也保不住了。医生担心史光柱忍受不了双目失明的打击,一时不敢告诉史光柱。史光柱从前方医院转到军区总医院,时时盼望右眼早日见到光明,常常焦急地问医生:"我的右眼怎么还看不到东西啊?"医生总是婉转地安慰他。

但是,医生觉得总不能长久地隐瞒。一天,眼科陈主任来到史光柱的病床前,对他说:"小史,你的右眼也保不住了,希望你要坚强。"一听这话,做梦都盼望着重见光明的史光柱,捂在被子里失声痛哭起来。史光柱才20岁,人生的道路还很漫长,光明就向他告别了,今后陪伴他的将是茫茫的黑暗。生活对他来说还仅仅是开始,他多么热爱连队火热的生活啊!他多么想在看到五光十色的世界啊!

同志们劝慰史光柱,他好几天不吭声,苦苦地沉思,想了许多许多。史光柱想起了过去那美好的生活:在足球场上奔跑,在篮球场上跳跃,在训练场上练兵……如今,这些只能是永久的回忆了。史光柱还想到了今后的生活怎么办?同时,史光柱也想到中学时代就从《钢铁是怎样炼成的》一书中结识的保尔·柯察金,想到了张海迪,想到了自己是一个共产党员,想到了首长和同志们的期望……

经过几天的痛苦思索,在医护人员和伤员战友的开导下,史光柱懂得了一个共产党员在伤残面前应当怎样做。总政治部首长非常关怀史光柱等伤员,专门从北京打来电话慰问,其中还提到了史光柱的名字,希望他们早日恢复健康。党和人民的关怀,给了史光柱很大的精神鼓舞,他决心振作起来,战胜伤残,做生活的强者。

中央军委授予史光柱"战斗英雄"称号。他认为:这个荣誉应归功于党和人民,归功于集体,归功于牺牲了的战友。自己只不过是高山上的一棵小草,大海中的一滴水,微不足道。自己和其他军人一样像一棵小草,为祖国母亲增加一点翠绿。

对越反击战排雷英雄白洪普

白洪普,云南边防部队某部特务连工兵排班长,河南省长垣县人,1975年元月入伍,1976年8月入党。

他入伍后曾2次荣立三等功,10次受到上级嘉奖,被评为"三会"、"两能"的工兵班长。

在对越自卫反击战中,到14号高地执行潜伏捕俘任务的某部特务连小分队,正在山谷行进。工兵班长白洪普走在队列前面,身架像株银桦树似的又瘦又弱,和大伙保持着一段距离的是一个握着一根自制的竹篾探针,弯着腰的小伙子。他是。看模样二十才冒头。

一会儿,队伍插上一条山脊。四周的山势陡然险恶起来,悬岩断崖,怪石耸立。当穿过一片小树林,刚走向缓坡地时,只见在前面开路的白洪普突然摆手发出了危险信号!小分队"嘎"的原地停住了。战士们机警地向两旁杂树茂草里一蹲,用眼睛向四周观察着。

连长巴礼平看清了白洪普的手势,知道碰上地雷了。他立即命令警戒组散开监视敌情,捕俘组和接应组两侧隐蔽,派出工兵徐绍强上前,协助排雷。

战斗中

白洪普静静地卧在一条小路和一条水沟的交叉处。他鹰样的目光盯准几片直立的树枝，轻轻拔除，慢慢拨开浮土，撤掉几条小树枝，顿时露出一颗铁壳压发地雷的壳体。他果敢的拧下雷盖，从口袋里掏出一小截5号铁丝，往保险销上的小孔里一插，取出引信，旋下起爆管。白洪普捋起袖子，接着搜寻目标。狡猾的敌人在埋压发雷的同时，在四周布设了许多外形似木柄手榴弹，铁壳上刻有纹路的绊发雷，暗绿色的绊线极不容易辨出。有的绊发线上又拉着附绊线，这些绊线或拴在小草上，或牵到小树的高枝上，倘若有什么物体碰到它，立即引起爆炸。白洪普毫不慌乱，他用手紧捏绊线，在靠近雷体的地方用剪刀剪断，然后将拉火线塞入木柄内，为了防止脱出，就地又抓了一把土封住，然后才把地雷取了出来。他捧着仔细地看了一番，这家伙没有保险装置，不能拆卸发火装置。便随手向后一扔，让他靠边休息去了。

这时，巴连长摸到徐绍强身边。没等他张口发问，小徐欣喜地将七八颗地雷捧了起来。

从灌木丛中钻出来的白洪普，说："情况不妙啊！连长。这里的地雷跟栽萝卜似的，见坑就是。估计是敌人'以雷代兵'，构成对14号高地的外围防御。"

"哦！……能不能在短时间内开出通道。"白洪普老实的摇摇头："困难！""那……"巴连长不安地看看手表，又瞅瞅白洪普手中的地雷，拔了根草茎在嘴里嚼着。

大家心里明白，必须在天黑以前闯过雷区，到达潜伏捕俘地点，否则结果是严重的！这里两旁是万丈绝壁，无法攀援，此地距14号高地不到半里地，越军特工队，随时都可能像地老鼠似的钻出来。白洪普眼珠子一转，指着不远处的一道陡坡说道：

"连长，俺看那里可以打打注意。"

"能行？""试试看！你把同志们拉到后边小树林去吧。万一俺真的碰了雷，惊动了敌人。你们好隐蔽退去。连长，我去了！"

巴连长眼角湿润了。他只是紧紧地握了一下白洪普的手，一扭头命令道："小徐跟白班长，其余的进小树林！"

时间真是个爱捉弄人的怪物。人心里急得冒火，它却依旧四平八稳地照样踱着方步，每一步下去，直踩得小分队的同志心尖打战战！等啊，等啊！眼前什么也看不清，什么也听不道。白洪普和徐绍强究竟怎么样了？……突然，前面"轰——"的响起一声沉闷的爆炸声。"是地雷！"小分队的同志们不由得从地面撑起身来，向陡坡方向张望，慢慢地下脑壳，眼眶不禁红了起来……

"连长，我去抢救！""我去！……"战士们纷纷请求着。

巴连长痛苦极了！刚要点头，心里猛地浮起那张清瘦的脸庞，以及那句"任务要紧"的嘱托，他强忍住了！这时，又传来嘈杂的声响，它从牙缝里挤出几个字来："别动！注意地情！"啊！奇迹出现了——

看，两张清瘦的汗津津的脸庞，浮着胜利的微笑。是他们，是白洪普和徐绍强回来了！巴连长再也按不住心头的激动，上前一手拉住白洪普，一手拉住徐绍强，生怕他俩飞了似的。

"哎呀，你们两个还活……哦，没伤着哪里？""任务没完成，俺没工夫挂彩哩。"白洪普憨厚地舔着嘴唇，从裤兜里掏出一堆地雷引信、雷管，乐呵呵地说："连长，路掏通啦！""好啊！刚才的爆炸声……"徐绍强一听，嘴都笑歪了："不只是从哪儿钻出一头牛，在那边山洼踏响了雷。嘻嘻嘻！"

其实，刚才可不像现在这么轻松。当白洪普在陡坡下一连排除了三颗绊发雷，两人向前发展时，徐绍强用左手抓住一丛荆棘，右腿一蜷，刚要蹬，被白洪普猛地一把按住了。小徐一低头：一个压发雷从松动的土里露出半截身子，正挨着自己的脚底板。白洪普掏了浮土，利索地解除了它的武装，小徐才抹去额头上的冷汗，长长地吁了一口气。正欲继续前进，又被白洪普止住了。一看，又有十来根地雷绊线跟蜘蛛网似的罩住了唯一能攀登的小径上。"顺藤摸瓜"看下去，雷全埋在陡崖壁上。要排除吧，人无法下去，即便能下去，连放个脚尖的地方都没有。只剪断绊线不离他吧，从敌人布雷的情况看，往往是绊发雷与压发雷相互掩护。不搞清爽，万一后面的同志通过有什么差池……

白洪普看了一会儿，发狠地说："不能为部队开路，还叫啥工兵?！小徐，你一手抓牢悬崖上的小树，伸只手来拉住俺。"

这样，白洪普左手拉住小徐，左脚点地，右脚下崖，侧身像个"大"字形悬空着，用右手去逮"毒蜘蛛"。1分钟……3分钟……小徐脸涨得通红，脖子上的粗筋憋得像根根老豆角，浑身都发抖了。随着小徐的每一下抖动，白洪普额上的汗水一串串滴落着，等剪断了绊发雷的绊线，取出绊发雷下面四颗梅花形埋设的压发雷时，几颗地雷都被汗水打湿了！就在这时，附近传来了地雷爆炸和敌人的嚎叫声。

"白班长。快！敌……""别拽！俺右脚踩着颗跳发地雷。一松脚就坏事啦！""啊！啥时踩上的？"

"一开始就踩上了。不要嚷！注意敌人动静！"白洪普镇静地侧耳聆听着。一会儿，风隐隐约约传送来牛的哀鸣。他心中一喜："小徐，敌人不会来找麻烦，再坚持一下。俺马上拔掉脚下的'钉子'。"

泥土松动着，汗水嘀

排　雷

嗒着。白洪普凭着熟练的技术和超人的胆量，把右手慢慢伸进右脚下面，又抓了一个"俘虏"！

……望着白洪普那有些发红的眼睛，那被荆棘划破的手背，巴连长和同志们一时不知该说什么好。片刻，小分队沿着白洪普舍命开出来的小径，利箭般地射向前方。

夕阳的余晖，有气无力地映照着寂静的山林。风嗖嗖的从深谷吹来，隐隐约约捎来不知是狼还是狗的尖利而恐怖的长嚎。这里，就是14号高地的前沿阵地了。

白洪普握着地雷探针，细心地插着，不漏过一片落叶，一丛杂草，探寻着可能有的陷坑、竹尖和地雷位置。眼睛瞪得大大的，一遍遍地审视着头上的树枝，地上的落叶，左右的草茎。十多个小时高度的紧张气氛，使他的头由裂痛而变得麻木，眼睛像遭针刺了一般，火辣辣的，泪水不断线的流着，流着。多想休息一会儿啊，哪怕是站着闭目待3分钟也行。但是，怎么能在狼窝里打盹呢？再说，自己手里的探针有牵系着战友的生命安危啊！白洪普不断用拳头捶着太阳穴，用指甲掐着人中。有时，眼睛实在太模糊了，他怕辨不清草茎和地雷绊线，就干脆躺在地上，偏侧着脑壳，用脸颊轻轻试过去……脸颊的皮肤真灵敏！居然好几次从杂草丛中，分辨出头发丝般粗细的绊线来。就这样，白洪普一寸地一捧汗地开拓着通往胜利的道路！

30颗、40颗、50颗，渐渐地白洪普一记不清自己到底排了多少颗地雷了。天黑时，他已来到敌人环形堑壕前，忽听后面传来轻轻的呼唤声："白洪普！白洪普……""谁？"听到有人悄声唤自己，白洪普抬起头来，只觉得眼前浮云流雾，火花四溅，揉了半天眼睛，才看清是巴连长。

"你，你怎么啦？"巴连长扶住白洪普。仅仅才一天时间啊！他眼窝陷下去了，眼珠血丝缠绕。

连长紧紧握住白洪普的双手激动地说："好同志，你已经排除了上百颗地雷了，你的任务完成了！"

白洪普深深地舒了口气，咧嘴笑了……

战后，中央军委授予他"排雷英雄"的荣誉称号。

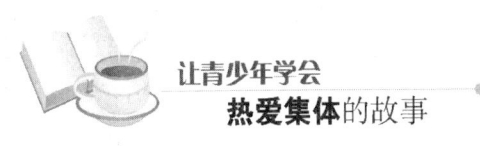

孤胆英雄岩龙

岩龙是云南省景洪县勐龙公社曼井烈大队傣族人。1978年3月，18岁的岩龙来到驻防云南的14军41师123团五连二排四班当战士。他是傣族中第一位解放军战斗英雄，曾经孤身一人携带一把五六式半自动步枪深入敌后猎杀越军。

越南侵略者侵占我国领土，杀害我国边民。自卫还击的炮声响了，愤怒的战士扑向敌人。我军以排山倒海之势，向敌人的纵深扑去，一个个敌军盘踞地高地、城镇被攻克下来，一批批曾在边界猖獗的敌人被击毙在战壕、暗堡里。2月21日，五连奉命向南征急进。2排是全连的尖兵，4班是全排的刀尖。部队沿一条公路急进，沿途搜索着两侧的山头。在离南征不太远的地方，他们与敌军遭遇了，据守着军用地图上标为78号高地的敌军，以猛烈的火力阻挡着他们前进。

"6班抢占左侧的山头掩护，4班跟我来！"排长一声命令，部队"哗"地冲上去，迅速占领了高地前面的一个小山包。

这里的地形对我军很不利。78号高地是一个高高的山岗，4班占领的是它前面的山峰，比78号高地低。狡猾的敌人把这座山的竹林、树林横七竖八地砍倒在山坡，战士们匍匐前进非常困难。山岗的左侧是一道山谷，6班战士隔着山谷与敌人对射，山岗的右侧也是一道山岗，一道公路弯弯向前伸去。

二排长潘昆华，带着71个人冲上这座低岗，战士们散开，各选地形向敌人还击。战斗非常激烈。暴露在低岗上的战士，遭到

孤胆英雄岩龙

敌人四个火力点的射击，子弹打得树叶、竹片横飞。二排长不幸中弹牺牲，4班长温舒利接替指挥全排。忽然，4班长发现，卧在排长左侧几米远的岩龙不见了。派一个组去找，找不着，又派一个组去找，还是没有。

这是一次力量悬殊的战斗。占据着有利地形的敌军，远不止三五十人。他们已经暴露的火力，就有重机枪、轻机枪、用来平射的高射机枪，还有六〇炮、八二迫击炮。而我们的后续部队一时赶不上来，山岗上的战士边射击边筑工事，死死地钉在这里，准备迎接敌人的反扑。

战场上出现了奇怪的事情。高地上敌军向山岗射来的密集火力，突然减弱了，一挺叫得最凶的机枪，"洛"的一声不响了，环形工事里嚎叫着的敌军，冲锋枪声也稀疏下来，同6班对射的机枪也不响了。

过了好一阵，敌人的轻重火器突然向着左侧那道山谷猛扫过来，打得石头迸出火星，树枝扑簌簌地掉落。工事里的敌军也转了方向，放过4班阵地，紧一阵松一阵地向山谷开火。只有在敌人火力间隙的时刻，战士们才听得到山谷里"噗、噗"闷声闷气的步枪声，随后又枪声大作。

部队冲上低岗已经有4个小时，敌军阵地上此刻几乎已经停止射击，"噗、噗"的步枪声也听不到了。温舒利接到命令：撤下山岗，立刻向另一个方向转移，待机消灭这里的敌人。

温舒利带着战士们撤下岗来，这时岩龙出现了。原来，他在排长牺牲后就从左侧的陡坡滚了下去。他沿着山沟向前摸，摸到敌人阵地的侧面。那里的草好高，敌人看不见他，他却看得清敌人。岩龙一枪一个，一枪一个，敌人只见人倒下，却找不见子弹飞来的方向。敌人向左侧射击的时候，他又摸转过来。

岩龙悄悄摸向敌人的重机枪阵地，放倒了机枪射手后又转到敌人右后侧。他就这样东边打，西边打，战斗了足有3个多小时，他带的150发子弹只剩25发。打死打伤多少敌人？连里命令他一个一个算清楚，难为得他在阵地上几乎一夜没睡，拨弄着手指嘟哝着，最后报告：56个。足有半个连！

事情也巧。当我军另一支部队占领78号高地的时候，从山上一个桥洞里发现了60多具敌军尸体。

攻势继续向前发展，岩龙以高昂的热情战斗着，冲击着。

1979年2月25日下午6点钟，部队向铺楼北面的一个敌军据点进发。又是2排当尖兵，岩龙和他的好朋友石忠样在尖刀的刀尖上。小伙子胸前挂着新缴获来的望远镜，沿着一条刚开出来的、有新鲜泥土的公路前进。刚刚拐过一个山嘴，一丛树林中射出一梭罪恶的子弹，其中两颗穿过岩龙的胸膛，在他背后的班长看见他倒下了，又慢慢地抬起头，向着北方——祖国的方向看了一眼，然后不动了。

　　战士们愤怒地冲上山头，用复仇的火焰，扫荡着敌人。副班长何朝德抢上去，把岩龙抱下来。西双版纳来的山鹰，已经收起了他的翅膀。在暮色苍茫中，他平静地躺在担架上。何朝德轻轻擦掉岩龙脸上的战尘，把五星军帽给他戴正。攻击的命令下来了，全连战士艰难地移动着，流着泪，向可爱的英雄告别。

　　战士们满怀深情，回忆着他们年轻、可爱的战友。

　　现在，岩龙安详地躺在河口镇附近一座绿草如茵的山岗上。从这里南望，就是神圣的边界线，他的血就是为了保卫她而流的。人民会永远牢记他，后代不会忘记他！

　　边疆的傣族人民为他们中间出了岩龙这样一位英雄感到非常骄傲。

战绩最高的狙击手向小平

　　向小平生于1966，1984年高中毕业后成了一名解放军战士。受所在团的老团长——神枪手魏国来先进事迹的影响，向小平决心"要像魏国来那样，做一名神枪手"。为了练好手中枪，向小平一不怕苦，二不怕累，成了一名弹无虚发的神枪手。

　　1988年，向小平所在部队奉命赴云南前线作战。为了反击敌人的挑衅，保卫阵地的安全，上级决定派一名狙击手，到盆地后侧的39号阵地开展冷枪歼敌活动。向小平积极向领导要求，争取到了这个任务。39号阵地是个小山包，上面怪石林立，到处都有敌人埋下的地雷。向小平来到这里，迅速熟悉了战斗环境，先后排除了60多颗地雷，精心确定了7个观察点和11个射击位置，然后投入了战斗。他一天到晚都在寻找歼敌目标，常常像壁虎似的一动不动地趴在地上大半天，甚至一整天。身下的乱石顶得他疼痛麻木，成群的蚊子轮番向他进攻，但他全然不顾，只是专心

狙击手向小平

致志地搜寻目标。一旦发现敌人，他枪机一扣，那敌人就脑袋开花没命了。向小平独自一人战斗在39号阵地上，经受着寂寞、疲劳、紧张、危险的包围，以顽强的斗志和大无畏的精神战胜了一切困难，一刻也没有停止过战斗。凡他发现的目标，无论是坐着的站着的，还是跑着的走着的，没有一个逃脱他的神弹。

有一次接连下了几天雨，向小平仍然伏在观察点待敌。由于淋雨过久，他一连4天发高烧，浑身没有一点力，连手也抬不起来。这时我军电台给他送去了目标信号，向小平一下子来劲了，跳起来跑到射击位置，一枪结果了一个正在朝我方阵地窥测的敌军侦察员。当向小平往回走的时候，迷迷糊糊地一下子跌到两米多深的崖下。他醒过来后又艰难地回到栖身之地，想喝水，水没有了，想吃罐头，又没气力打开，于是他爬到洞外啃起了芭蕉树，然后又昏了过去。在40多天里，向小平以31发子弹，击毙敌人30个，击伤敌人1个，出色地完成了任务。

1988年5月，当时的中央军委主席邓小平签署命令，授予向小平"战斗英雄"的光荣称号。1989年，向小平被评为全国"十佳"青年。

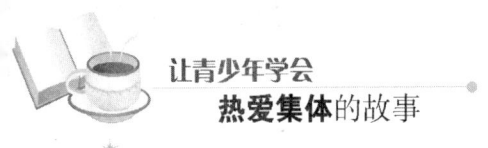

抢占永暑礁的勇士林书明

1988年1月30日，海军南海舰队某部施工二队队长林书明率领他的施工队，登上南拖147船，向水天相连的南沙海域进发了。

此刻，他的心也像这波涛激荡的大海，沸沸扬扬。

南沙，自古以来就是中国领土不可分割的一部分。1988年春天，我施工船队、舰艇编队和守礁部队，奉国务院、中央军委的命令，开赴南沙执行建立海洋观测站、登礁守礁和巡逻警戒等任务。在南沙建站、巡逻、守礁，标志着我国政府直接在南沙行使主权，掀开了我国开发、利用海洋的新篇章。他为自己有机会赶上南沙施工而深感幸运和荣耀。入伍十五年，他终于盼到了这一天：在祖国的边缘海上建功立业！他在心里暗暗起誓：我的祖国我的亲人，我决不辜负你们！

1988年2月17日，正是大年初一，林书明接到海指命令，带领施工人员，随南拖147船去华阳礁，建筑高脚屋。当时南沙的局势已剑拔弩张，一触即发。越南见我舰船南下，便加快了抢礁占礁的侵略步伐。华阳礁正是越军抢占的目标。

2月18日天刚蒙蒙亮，147船抵达华阳礁海区。这一天，海面狂风呼啸，白浪滔滔，船体摇摆37度。由于风浪太大，舰船只得沿礁盘外围运动侦察。9时许，发现礁盘南面有两艘越南舰船企图抢占华阳礁。上级命令林书明立即带领小分队先敌登礁。这时，我方距主权碑（1987年5月中国国家海洋局考察华阳礁时设立）约1000米，而越军只有约500米，要先敌登礁，不仅是速度的较量，更是意志的拼搏。紧急关头，林书明没有半点含糊，带领五名同志迅速跳上小艇，箭一样向华阳礁驶去。这时，几个荷枪实弹的越南兵也拼命划着橡皮舟冲向礁盘。我方的机枪、冲锋枪子弹也都上了膛，随时准备拼杀。此刻，在林书明的眼里，狂风浊浪消失，空气凝固了，时间就是生命，时间就是主权！越军的橡皮舟已到了礁盘边，像没头的苍蝇正在寻找进入礁盘的航道。林书明的小分队抵达了！林书明清楚，礁盘是周沿岛，里面低，只要突破礁盘的边缘，小艇就可航行。林书明一靠近礁沿，立即命令大家下水抬艇。同志们冒着被海浪卷走的危险，一齐跳入水中，抬着小艇，冲过了浅滩，把越军甩到了后面！

13点40分，我小分队抢先到达了主权碑下。此时，风力愈加强劲，浪涛越来越高，海在啸叫，潮在猛涨。整个礁盘，除了主权碑仍露出水面外，其它全被海水吞没了。风激浪，浪借风，将涛头重重地摔在礁石上，击起3~4米的恶浪，势如排山倒海！小艇根本无法靠礁，一停机就立即被大浪卷回来。林书明算准了浪与浪之间的短暂间隙，借浪涛喘息的瞬间，对准主权碑一跃，双手抱住了主权碑！这一跃，跃出了中国海军的勇气！跃出了中华民族的威风！虽然林书明的双臂被长在碑上的海蛎子划下了长长的血口子，但他不顾疼痛，牢牢地搂住主权碑，就像拥抱着祖国母亲！林书明激动得直想流泪，直想哭！

同志们紧跟着上了礁。林书明立即组织大家打钢钎插国旗。海水齐腰深，礁石异常坚硬，一根钢钎打弯了，换上一根，换上的打弯了，再换上一根，连续打弯了7根，林书明和他的小分队终于在华阳礁上插上了第一面鲜艳的五星红旗！

夺礁难，守礁更难。插完旗，潮水涨得更猛了，礁盘上的海水已深达一米五六，人根本无法立足。为了坚守阵地，不被浪涛卷走，林书明领着小分队的战友们一个个用麻缆把自己拴在礁石上。海浪冲来卷去，缆绳把人从礁石上推下来又甩上去，大家一个个腰被勒得发痛发酸发麻，浑身好像散了架。这时候，只有一个信念支撑着小分队：维护祖国尊严，一切为了祖国！

与此同时，越军在抢占华阳礁失败后，仍野心不死，伺机反扑。双方枪对枪，炮对炮，形成了两军对垒的严峻局面。在对方乌黑的枪口下，林书明叮嘱大家要沉着冷静，只要越军胆敢妄动，我们就坚决还击！人在旗在。活，站在祖国的主权碑旁；死，死在祖国的五星红旗下！战胜一切困难，压倒一切敌人！

夜幕降临了。狂风挟着暴雨向小分队袭来，冷雨扑面，寒风刺骨，小

分队的同志们,已经35个小时水米未进,泡在没胸的深水里,饥寒交加,一个个冻得浑身发抖,脸色发青。患有过敏性肠炎的林书明情况更加严重,每时每刻都感到肠子在痉挛,浑身在抽搐。为了保持小分队旺盛的战斗力,林书明强忍着疼痛,跟同志们谈笑风生,编笑话故事,讲海南老家的奇闻轶事,用乐观主义精神激励大家,驱散由于饥饿、寒冷、寂寞和越军威胁带来的阴影。这一夜,这风狂浪高雨骤的12小时,林书明和他的小分队象铆钉一样铆在了华阳主礁上!这12个小时,每分每秒,都记录下了中国水兵不屈的军魂!

　　天,亮了。凌晨5点,林书明领着小分队,忍着极度的疲乏,趁着低潮,连续奋战11个小时,终于在华阳礁建起了中华人民共和国的第一座高脚屋。

集体力量，光芒闪亮

> 一朵鲜花打扮不出美丽的春天，一个人先进总是单枪匹马，众人先进才能移山填海。
>
> ——雷锋
>
> 我不如起个磨刀石的作用，能使钢刀锋利，虽然它自己切不动什么。
>
> ——贺拉斯

中国女排五连冠

"集体"，一个多么亲切美好的字眼！它是属于我们大家的，它是由许多成员合起来的有组织的团体。中国女排，就是一个十分优秀的集体。在雅典奥运会上，她们过五关斩六将，最后取得金牌，圆了20年的冠军梦！这次成功，与她们的团体精神也是紧密相连的。中国女排在最后的决赛中，起初连输两局，在这种危急情况下，她们并不气馁，而是发挥集体的力量，齐心协力，打好后面的比赛，有句话说得好："一滴水中有放进大海里才永远不会干涸，一个人只有他把自己和集体事业融和在一起的时候才最有力量。"，最后，她们以3:2的成绩打败了对手。

1981年至1986年，中国女子排球队在世界杯、世界锦标赛和奥运会上蝉联世界冠军，成为第一支在世界女子排球历史上连续五次夺魁的队伍。

1981年11月，中国队在日本举行的第三届世界杯女子排球赛中，以七战七捷的佳绩，首次登上世界冠军领奖台。1982年9月，第九届世界女子排球锦标赛在秘鲁进行。中国队以9战8胜的战绩，第二次夺得世界冠军。9月20日，中国队在同苏联队的比赛中，教练袁伟民在进行场外指导。中国队以3：0胜苏联队后，队员们庆贺胜利。

中国女排

1984年8月7日，中国女排在第23届奥运会女排决赛中，以3：0力克美国队，实现"三连冠"。

1985年11月，中国女排在日本举行的第四届世界杯女子排球赛中，以7战全胜的成绩，第四次荣膺冠军

1986年9月13日，中国队在捷克斯洛伐克举行的第十届世界女排锦标赛中，以八战八胜的佳绩，第五次夺得世界冠军。

女排的拼搏成为了那个时代的精神；女排的成功，成为了一种集体记忆，铭刻在历史的年轮里。

2008年北京奥运会，昔日的郎平成为美国女排征战中国女排的教练。中美女排大战，因教头分别是陈忠和和郎平而引人瞩目。

中国体操重得金牌

在1984年奥运会上本有实力拿男团冠军的中国男子体操队，由于抽签

不利和裁判过于袒护东道主，屈居亚军；1996年奥运会中国体操男队第二次冲击男团桂冠，1994、1995年世锦赛上连续夺冠的他们，在决赛中出现三次重大失误，只能位居次席。悉尼奥运会和世界锦标赛双料冠军中国男子体操队在2004年雅典奥运会男子团体决赛中，仅获得第五名。雅典战败后，中国体操男队重整旗鼓，在2006年和2007年世锦赛上的胜利，体现出了自己的实力确实比对手高出一筹。兵败雅典后的4年是中国体操卧薪尝胆的四年，而8月在家门口举行的北京奥运会无疑是他们再创辉煌的良机。中国体操队终于夺回了在雅典奥运会失去的那块含金量最重团体金牌。

2008年8月12日中午，奥运体操男子团体决赛在国家体育馆结束。中国男子体操队不负众望，以286.125分继8年前在悉尼夺冠后，重回到世界之巅。雅典奥运会男子团体冠军日本队发挥也很出色，但是较之中国体操逊色些许，以278.875分获

中国体操队

得团体亚军。美国队发挥不错，以275.85分获得一枚团体铜牌。

预赛第一的中国队与老对手日本队分在同一个小组，从自由体操开始，按顺序比赛鞍马、吊环、跳马、双杠、单杠六轮。第一轮中国队比赛自由体操，派出陈一冰、扬威、邹凯出战。

陈一冰率先出场，他开场"团身720旋"落地很稳，随后几个体操动作都很到位，几乎没有多余扣分点，但是在结束空翻"团身360"时向后退了一大步，单足跨出场地，被扣除了0.3的完成分。难度价值是5.6分，得到14.575分。杨威随后出场，他没有受倒队友失误影响，开场几个技巧空翻都稳稳落地，动作规格无懈可击，结束动作团身旋只是向前跳了一小步，难度价值是，得到15.425分。邹凯上场，他表情相当轻松，开场招牌连接"后直900+前直720"非常流畅，第二串团身720旋完成也是稳稳落地，最

127

高难度动作一过，剩余动作小菜一碟，结束动作团身旋钉子一样站住，难度价值6.7，得到15.927分。

陈一冰难度不是中国队决赛633人选中难度第三高，但他稳定性很好，派他打头阵完全可以放心，他顺利拿下成套，对随后出场队友心态将是很大的鼓励。与中国队同组的日本队在中国队比赛完之后出场，

他们则派出中濑卓也、冲口诚、内村航平三人应战。冲口诚一上场就完成以中国选手楼云名字命名的"分腿侧空翻两周加转体270"接"前团"的精彩连接，随后几个动作完成一般，结束动作旋空翻向后退了一大步并跨出界。得到15.275分。内村航平上场，他开场连接非常稳，但第二串技巧连接最后一个动作落地向前跳了一大步，但结束动作"后直1080"出现钉子效果，得到15.70分。

韩国比赛鞍马。梁泰荣率先出场，他马上动作一开始就有一个小分腿，在随后的吴国年爬马这个动作更是掉了器械，直接被扣除0.5分，随后他的动作勉强拿下来，但是心已死得到13.525分。罗马尼亚队比赛跳马。德拉古列斯库在跳马比赛中完成"前手翻团身前空翻两周加转180"，落地向后动了一步，得到16.55分。德国汉布钦吊环发挥一般，得到15.175。

美国队比赛吊环。预赛发挥不是很好的谭凯文在上场前表情似乎有点紧张，几乎是一口气憋下来完成全部动作，好在不愧为吊环高手，结束动作稳稳落地，得到15.425分。第一轮比赛结束后，罗马尼亚队排第一，成绩为49.40分。法国队第二，成绩为48.40分。美国队46.375，排在第三，日本队得到45.975分。排在第四。中国队以45.925暂列第五。

第二轮比赛鞍马，中国派出黄旭、杨威、肖钦。本轮中日比赛顺序轮换，日本先上场。他们派出富田、坂本功贵、鹿岛丈博三人应战。富田洋之发挥有点紧张，动作幅度不大，但是很顺利完成了，得到15.15分。坂本宫贵的身体支撑点要比富田高些，为了让自己不失误，他多加入了几个全旋动作，但是成套中还是出现一个屈髋失误，得到14.85分。

黄旭上场，他顺利拿下成套，动作细节很值得推敲，担起了头炮这个责任，只是下法倒立位置不是很好，没有加转体，没有达到动作规定组别，让裁判争议很久，最后得到14.75分。杨威一上到器械后，第二个动作差点

没有控制住，随后的"俄罗斯大爬"节奏有点乱，但还是顺下来了。下法也完成很好，得到15.175分。"马神"上场，行云流水？无懈可击？完美无缺？都不足形容他在马上的自信，得到16.10分的高分。

俄罗斯比赛吊环。德维亚托夫斯基吊环完成一般，但是几个动作手臂都有点弯曲，下法稳住了，得到15.45分。罗马尼亚比赛双杠。斯坦尼斯库开场几个动作完成不错，更是完成了"李小鹏挂臂"，但是有几个动作出现屈肘，还出现一个小停顿，还下法站的还算稳，得到15.325。第二轮比赛结束后，法国队排第一，成绩为94.975分。美国队第二，成绩为94.60分。罗马尼亚队94.525分排名第三。中国队91.95分排第五。日本队91.55分跌到第六。

第三轮比赛吊环，派出黄旭、杨威、陈一冰。从吊环开始，连续三项都将是中国队强项。黄旭、杨威、陈一冰都是吊环个中高手，后两人不但是闯入吊环单项决赛，随便发挥也能得到16分以上的高分。

黄旭出场，他环上动作一气呵成，静止动作很到位，成套中的"李宁正吊"很出彩，下法直体360旋稳稳落地，得到16.00分。杨威出场，一连串力量动作渐迷住观众眼，成套非常娴熟，完成高难度动作非常自信，高难度F组下法"直体720旋"稍微动了一点点，得到16.30的高分，给陈一冰吃了一颗定心丸。

陈一冰出场，难以言喻的震撼，王者之气什么是完美？这就是完美。吊环带几乎纹丝不动，直角十字脚尖绷得笔直，其余所有动作身体细节用放大镜找都找不出问题，裁判毫不犹豫地给出了16.575分。

韩国比赛跳马。金洙冕完成一个难度价值为6.6的动作，空中姿态中有分腿，落地前跨一步，得到15.925分。金大恩完成了难度价值为6.6，空中同样出现分腿，落地前出现屈膝，还有勾脚尖，不过落地效果好，得到15.95分梁泰荣完成难度价值为7.0的"前手翻－直体前空翻转体900"，空中姿态比队友好，但是没有完全准备好就落地，向后退一步并手撑地，被扣除了0.8，只得到15.35分。

汉布钦双杠节奏有点紧张，但还是顺利完成，15.95的得分也不错。德拉古列斯库在单杠出现小失误，一个转体动作倒立时出现分腿和小调整，

随后的"团身360旋越杠抓杠"空中姿态出现分腿，下法动作难度不大，但还是向前跨了一步14.425分。

第三轮比赛结束后，美国队排第一，成绩为141.65分。中国队第二，成绩为140.825分。法国队第三，140.025分。日本队以138.45分排名第四。德国队138.075位列第五。

第四轮比赛跳马，派出陈一冰、杨威、李小鹏。虽然李小鹏没能参加跳马单项决赛，但是中国队的跳马团体实力不容许任何对手质疑，因为李小鹏恢复了"李小鹏跳"这个难度达到7.2的超难动作，由他顶出原本的跳马第三人后，至少能为中国提升0.5的单项分数增值。陈一冰完成不错，只是落地差点没有控制住，但还是稳住了，15.95分也不错。

杨威完成了难度价值为7.0的"冢原直体转体1080"，助跑、起跳、腾空、转体、姿态、落地无可挑剔，得到16.6分。李小鹏上场，如果说杨威是完美一跳，小鹏就是超越完美一跳，上马角度和腾空高度堪称完美，转体也非常轻松，只是落地向后动了一小步，得到16.775的超高分。

美国比赛单杠。哈吉特杠上动作质量不错，虽然出现一个小停顿但是弥补的很好，但是一个飞行因为完成不标准被降下法站稳，得到得到15.55分。接下来出场的霍顿更是得到15.70的高分。斯布林总体难度不是很高，但是一上器械就完成了三个高难度飞行，只是空中姿态出现分腿，其余转体动作无可挑剔，下法后团三周稳稳落地，得到15.675分。

罗马尼亚比赛自由体操。塞拉里乌开场"团身720旋"很高很飘，成套顺利下来了，得到15.525分德拉古列斯库为了求稳定没有在开场空翻后接上连接，随后一个连接完成出现些许偏差，一个手倒立动作手臂也不是很直，但是结束动作再次出现钉子效果，得到15.65分。

四轮比赛结束后，中国队排第一，成绩为190.15分。美国队第二，成绩为188.575分。日本队以185.20分排名第三。

第五轮比赛双杠，中国队派出堪称梦幻的黄旭、杨威、李小鹏三人组。这是中国队最强的项目。黄旭上场，全套动作太精准了。"铁臂阿童木"完成了6个空翻挂臂动作，举重若轻，空翻非常高飘，只是在杠端一个倒立有点无伤大雅的小调整，下法稳稳站住，7.0的难度价值，16.475分。为团体赛胜利奠定最好的基础，胜利的曙光已经照耀中国队了。杨威上场，他完成也很好，只是一个一杠倒立时出现一个小分腿，不过不如黄旭流畅，16.10分，离胜利又近了一步。李小鹏压阵出场，他开场就完成了F组转体"滕海滨后上"接"提皮尔特"，"大回环团身后空翻两周"接上"分腿前空翻"不过他没有拿出最高难度动作，下法稳稳站住。得到16.45分。胜利就在眼前。

最后比赛单杠，中国派出肖钦、李小鹏、邹凯应战。日本队先出场，他们是中濑卓也、内村航平、富田洋之三人出战。虽然这算是中国队最弱的项目，但经过冬训的攻克，中国选手难度普遍有了不小提升。对比预赛成绩，单杠团体实力世界最强的日本队和中国按照633算有效成绩的分差也不大。中濑卓也拼了！他杠上动作发挥几乎完美，流畅自如，空翻质量也很高，没有丝毫多余动作。只是下法振浪太大，向前跨了一步，但依然得到15.525分。日本体操未来领军人物内村航平上场，杠上动作质量也很完美。下法稳稳站住，得到15.45分。美国比赛鞍马。谭凯文头炮出场，他完成了"李宁交叉"，但随后的"童非移位"出现停顿坐在马上，被扣了0.8分，但还是有惊无险地完成了比赛，得到12.775分。

阿特梅夫在队友发挥马失前蹄的情况下，在器械上以一套花哨的托马斯全旋动作展示了美国体操精神，得到15.35分。他们结束了自己比赛，虽然没有哈姆兄弟，但这些小伙子们依然证明自己不需要明星队友，因为他们就是明星。肖钦上场了，他果断降低了难度，虽然在飞行后的大回环动作上出现屈肘，下法稳稳落地，得到15.25分。离胜利只有两步之遥。李小鹏上场。他也果断降低了难度，将原本的飞行动作拆开了。但是完美得动作依然让裁判和观众为之喝彩，下法已经不用再讲述了，得到15.725分。胜利只有一步之遥。邹凯上场，成套完美无缺，稳稳落地，15.975的分数已经不重要了。

中国体操男团时隔8年终于在家门口收复失地，得到了这枚来之不易的金牌，登上了冠军的领奖台。他们用艰辛和汗水换来的，在他们登上冠军领奖台，奏响国歌的一瞬间，他们的泪水也溢出眼眶，这是感动的泪水，中华民族因为他们而感到自豪！

8月13日也是中国难忘的一天，女子体操小将赢来了首枚女子体操奥运团体的冠军梦。邓琳琳、杨伊琳、江钰源、李珊珊、何可欣还都是16岁的小姑娘，可就是她们用生命般的力量去赢来了历史的时刻，我们在程菲自由体操完美的完成动作时候，全场沸腾了，她们流泪了，在电视机前的人流泪了，这一刻来得可真不容易，她们还是只有程菲一名老将，其他的都没有参加奥运会，可她们有一个强有力的团队，她们有优秀的教练。

领奖的时候教练要求要整齐，程菲说让举手就举手，转身就转身。这就出现了颁奖台上小将们的动作一致，听从队长的指挥，我们在当时还看到，队长在指挥队员每一个动作："转、转"，这就是团队的力量，这就是团队的行为。

在这团队中教练陆善真可是她们的支柱与力量，我们的姑娘们在赛场上总是想到教练的鼓励，鼓励和赞美是教练在赛场上的一种心里战术，能促使她们更好的发挥和促进心里平衡，这一切都离不开背后所有的辛勤工作人员。

在团队中每一个动作，每一个拥抱，每一个击掌，都体现团队的精神，特别是看到她们用肩与肩之间的对撞。当胜利来到的那一刻，她们拥抱在一起流下了激动的泪水，这一刻等了多少年，这一刻让中国等了多少代。你们做到了，你们用团队的力量做到了。你们是最棒的！

中国女曲9年得银牌

中国女曲的姑娘们终于在艰苦奋斗9年之后夺得了来之不易的银牌。

自从雅典奥运会结束后，中国女曲就一直面临着新老更替的问题。虽然中国女曲给年轻运动员创造了更多的锻炼机会，但球队的新老交替却进行得并不顺利。从2007年的近两年的冠军杯赛、世界杯等一系列大赛的表现来看，年轻队员不能完全挑起中国女曲的大梁。因此，中国女曲在今年又重新召回了聂亚丽、唐春玲、黄俊霞等老队员。所幸的是，经过近一阶段的调整，中国女曲的状态有所回升，在2008年5月份的世界冠军杯赛和6月的北京国际邀请赛中均有不错的表现。

为了战胜强敌认真备战是关键。为此，中国女曲进行了一系列有针对性的训练。4年的奥运周期被分成了若干阶段，从体能的储备到技术的强化，再到战术思想的灌输，直至奥运会前的状态调整，都按照此前制定的详尽计划，按部就班地进行着。而队员们也都在按照教练的安排进行着刻苦训练。平时白天训练七八个小时，晚上看录像分析，隔一段时间就是一次外出拉练比赛。在金昶伯教练的严厉督导下，现在大家都已经对奥运会充满了信心。

小组赛最后一场：中国对澳大利亚

由于在之前的比赛中输给了荷兰队，中国队在小组赛最后一场比赛之前仍不能确保进入半决赛。而她们最后一场的对手是女曲冠军杯六冠王澳大利亚女曲，中国队至少需要战平才能够获得小组出线权争夺奖牌。

中国女曲

第30分钟，马弋博在前场右侧大力将球敲打至射门弧内，李红侠在射门弧内拿球大力击射一棍，球应声入网，1∶0！中国女曲率先确立领先优势。第28分钟，付宝荣前场拿球妙传给了埋伏在射门弧内的李红侠，后者在射门弧内护球突然反手击射一棍，2∶0！虽然此后中国队被对手连扳两球：

半决赛争夺战：中国对德国

4年前的雅典奥运会女曲半决赛，中国女曲全场得势不得分，最后被德国女曲点杀出局。雅典奥运会后两队的6次交锋中，中国女曲更是以1胜5负的战绩完全落入下风。

上半场开场仅两分钟，中国队就赢得一粒短角球的机会，结果8号付宝荣将球打偏，险些破门。随后，德国队以一个漂亮的反攻，由7号凯勒在门前推射远角将球打入，德国1：0领先。之后中国队一直寻找反击的机会，终于在比赛进行到第32分钟时，由10号高丽华打进一球，上半场双方以1：1战平。下半场比赛开场不到一分钟，德国队利用快攻在门前配合又攻入一球，再次将比分领先。之后，中国队的队长马弋博在第4分钟时利用短角球机会扳回一分，将比分扳成2：2平。两度落后两度扳平的中国队越战越勇，又利用快攻攻进一球，虽然此球因违例不算，但是这样更加激起了中国姑娘们的斗志。在下半场第23分钟，由小将21号赵玉雕和队友完美配合，打进一粒关键的进球，将比分以3-2超出。最终，德国队没能反击成功，比赛以3：2结束。

值得一提的是，攻入致胜一球的小将赵玉雕今年19岁，她是在奥运会前的冠军杯比赛中涌现出来的新星，她在冠军杯比赛中几乎场场进球，赛后被誉为是中国队最大的发现。但在本届奥运会上，小将赵玉雕一直未能进球，今天的半决赛中，正是她在关键时刻打入了最关键的一粒进球，帮助中国女曲改写了历史。

中国队逆转战胜对手，不仅报了四年前的一箭之仇，也帮助自己打入决赛，夺得奥运奖牌创造了球队历史！

冠亚军争夺战：中国对荷兰

比赛开始后，荷兰女曲反客为主向中国女曲腹地发起了进攻。第3分钟，德高德在前场将球传至射门弧内，穆尔德拿球后大力射门，球碰到了防守球员脚后逼得短角球，绍普曼随即开出了短角球，鲍曼在接到了同伴的一推之后，大力击射，球被门将张益萌飞身挡出。一分钟后，荷兰女曲再度逼得短角球，又是鲍曼在射门弧内的扫射被张益萌倒地伸棍挡出。

开场前7分钟，荷兰女曲攻势如潮，而中国女曲的门前则是险象环生，幸有防守球员和门将的出色发挥，力保球门不失。在顶住了荷兰女曲开场后的猛攻之后，中国女曲逐渐开始组织反击。第13分钟，中国女曲前场组织进攻，唐春玲横向带球突入射门弧被防守球员拦截一棍，付宝荣顺势拿到球后反手大力击射，球被门将利桑娜－德鲁弗用身体挡出。

第16分钟，中国女曲前场做出了精彩的短传配合，将球推进至荷兰女曲射门弧内，付宝荣在门前觅得机会，近距离击射，球再次被利桑娜－德鲁弗扑出。第21分钟，中国女曲继续发起快速反击，陈秋琦在射门弧外将球大力击打至射门弧内，付宝荣在射门弧内拿球后闪出一个空档，反手击射一棍，球又一次被利桑娜－德鲁弗单膝挡出。

第25分钟，荷兰女曲再度获得短角球，鲍曼在接到了队友的一推之后，大力低射球门远角，张益萌不可思议地用单脚将球踢出射门弧。随后的比赛，荷兰女曲继续向中国女曲半场施加压力。第31分钟，范阿斯利用个人能力带球突入中国女曲射门弧内大力挥棍扫射，门将张益萌又一次做出了精彩的扑救。上半场比赛结束，两队暂时以0∶0互交白卷。

下半场比赛，中国女曲在开场后不久便向荷兰女曲半场发起了一次快攻。第40分钟，荷兰女曲连续换上了三名球员，继续对中国女曲实施高强度的压迫。第44分钟，中国女曲前场断球后就地发起反击，小将赵玉雕左侧拿球突入射门弧横穿至门前，唐春玲拿球后稍作调整，反手大力射门，球竟然被挑高了。

随后的比赛，中国女曲依靠稳固的防守一次次地瓦解了荷兰女曲的进攻，而中国女曲的反击也打得有声有色，场上的中国女曲也不惜余力地为中国女曲加油助威，整个曲棍球场陷入了红色的中国元素之中。

第51分钟，荷兰女曲获得短角球机会，中国女曲采取了一冲防守，成功瓦解了荷兰女曲的一推配合，但穆尔德在射门弧左侧拿到了球权，并且巧妙地将球推给了右侧的霍格，无人防守的霍格大力挥棍击射，门将张益萌倒地将球扑出，范－阿斯在射门弧内补射空门，1∶0！荷兰女曲终于打破了场上的僵局。

两分钟后，中国女曲在荷兰女曲射门弧内连续制造了两次短角球的机会，但荷兰女曲在短角球上的防守非常严密，中国女曲两次均未能获得射门机会。第62分钟，玛丽莲-阿廖蒂右路带球强行突入到中国女曲射门弧内横传，程晖上前拦截，成功将球挡出，但埃娃-德高德在射门弧内反手挑射一棍，球应声入网，2：0！荷兰女曲将领先优势扩大为两球，夺冠在望。

两球落后的中国女曲在最后时刻依旧没有放弃，付宝荣领衔的三叉戟全力冲击荷兰女曲的防线，但面对荷兰女曲这条世界第一的防线，中国姑娘显得心有余而力不足。最终，荷兰女曲以2：0完胜中国女曲，夺得了2008年北京奥运会女曲金牌，中国女曲获得银牌。

在此前结束的一场铜牌争夺战中，阿根廷女曲以3：1战胜了卫冕冠军德国女曲，夺得了2008年北京奥运会女曲赛的铜牌，德国女曲获得第四名。

33岁的中国运动员张宁

2004年前的雅典，张宁29岁，但却是第一次参加奥运会。所以当时心态非常好，根本没有去想什么成绩和金牌，就是去一场一场地拼。比赛结束后，张宁一直浸润在汗水和泪水里。

是做欢喜英雄完美谢幕，还是做悲情英雄黯然离场？从2004年到2008年，张宁在守望中坚持，为信念拼搏的她"送"走了一批又一批队友和对手。2006年，荷兰选手张海丽突然退役，这把张宁着实"闪"了一下。"张海丽比我小好几岁，可留给我的记忆却是长久的痛苦。从1994年我在尤伯杯赛中输给她，到2004年雅典奥运会女单决赛战胜她，我整整用了10年时间。有这样一个对手存在，也是激励我坚持下去的重要原因。张海丽宣布退役时她很伤感，不知道怎么形容这种感受。接着，陈宏、夏煊泽和张军的相继退役更是让已经三十出头的张宁"想想都害怕"。

还好，张宁及时从失去努力方向的迷茫中调整过来，接下来她要做的就是战胜自己。

从2006年下半年开始，伤病不断侵扰张宁，对羽毛球的那份炽热的爱，让张宁难以割舍。于是，将心中的柔弱暂时封存，张宁最终选择了坚持。国家队特意成立专家组，专门为我制定了康复训练计划，每天都有很多人围着我转，为我一个人服务。看着他们忙碌的身影，我觉得自己要是打不好真的对不起他们，所以心理压力一直很大。"

2008年北京奥运会羽毛球比赛开赛以来，对她来说，每一场比赛都可能是最后一场。羽毛球女单决赛是一场比拼意志的

张宁

比赛，决胜局中张宁咬紧牙关，灵活多变的战术让谢杏芳束手无策。年轻的谢杏芳赛后不得不承认："自己的速度没有张宁快，完全被她压制住了。"张宁每取得一场胜利后几乎都会落泪。不过站在决赛场上，张宁却用最完美的发挥完成了自己最华丽、最令人感动的"谢幕演出"。

当张宁跪倒在地，把哭红的泪眼深深埋在双手中时，她已经给出了最好的答案。"为了这枚金牌，我付出了太多太多，前几场比赛过后，我还保持着旺盛的斗志，今天，我真的觉得太累了。"33岁的张宁泪花飞溅。

颁奖现场，观众被这位33岁老将身上所展现出来的奥林匹克精神所感动，欢呼声中，张宁像个小姑娘一样，跳上了奥运会的最高领奖台。

33岁的年龄，对一名女子羽毛球选手来说，绝对难以想象。中国队总教练李永波曾这样评价张宁："她绝对是世界羽坛的一个奇迹。"

李永波在赛后的新闻发布会上说："以张宁的状态，再打四年也没有问题。"

张宁凭借坚韧不拔的毅力改写了历史，其实，还有一个幕后英雄——张宁的父亲张仕财。4年前，正是在他的"力阻"之下，张宁才没有退役，才有了16日成功卫冕的奇迹。

从张宁的第一场比赛，她住在锦州的父母就会在电视机前观战，但是

16日的羽毛球女单决赛时，张宁父母家不到30平方米的客厅挤了20多名亲人和朋友，他们手拿国旗，为远在北京的张宁加油助威。

到了关键的第三局，随着比分的交替上升，向来沉稳的张爸爸，一直抽着烟。张妈妈则紧张得坐不住，用手捂着胸口满屋走，不敢看电视。屋子里的气氛安静了。在张宁得到最后一分时，全家人沸腾了，大家一下子站了起来，相互庆祝，这时，张宁的爸爸用手擦了下眼角，他的眼睛湿润了。

中国羽毛球队是一个强大团结的集体，无论训练方法还是在训练手段上都非常科学。比如卢兰，比如因为奥运参赛名额有限未参加奥运会的朱琳，都是非常优秀的队员，中国女子羽毛球队肯定会延续现在的辉煌。

为了集体的荣誉

在北京奥运会皮划艇比赛中，杨文军和老搭档孟关良再次挂上了奥运金牌。这不仅是皮划艇男子双人划艇500米项目在奥运历史上首次成功卫冕，也是杨文军为集体荣誉舍弃单人划艇的最美赞歌。

站在最高领奖台上，这位江西小伙不断向人群挥着手，尽情亲吻着胸前的金牌。在赛后采访中，他说："虽然单人艇也具有实力，但为了集体荣誉，我愿意放弃。上一届与大孟就有感情，上了这条艇就是一条心了。而且和孟关良走到今天不容易，我们能携手蝉联奥运冠军，我感到很幸福。"

杨文军和孟关良是中国皮划艇乃至中国水上项目奥运首金的缔造者。2004年雅典奥运会，仅仅配对5个月的杨文军和孟关良，就在男子双人划艇500米项目中为中国水上项目实现了零的突破。然而，这

杨文军和孟关良

对"金牌组合"并没有继续携手。2005年，随着孟关良离开赛场，杨文军开始了单人艇生涯。

在孟关良"缺阵"的近三年中，杨文军的单人艇成绩突飞猛进，在2006、2007年世锦赛都获得单人划艇500米铜牌。这也使得杨文军曾经有奥运会单人、双人兼项的想法。但是，杨文军选择了与孟关良配双划，因为他渴望蝉联奥运冠军，同时也相信与孟关良配合是有把握的。而单人艇因为顺义场地有侧风问题，变数太大，高手竞争就在毫厘。因为杨文军是左桨，如果刮右侧风，他每一桨都得调一下方向。虽然具备夺冠的可能性，但是如果你每一桨必须得多做这点工作的话，夺冠太难了，因此他非常坚定地和孟关良合作。而且两人4年前的恩师马克在两人年初重新配对后再次执教，让杨文军更是乐得像孩子一样。

付出总有回报。在北京奥运会皮划艇比赛收官之日，杨文军和孟关良没有让支持他们的人失望。在当天比赛中，两人身穿红黄相间的中国队服站在了第5道前。和他们相邻的是2007年世锦赛冠军的德国组合，和预赛中仅落后两人0.023秒的俄罗斯组合。

起航后，孟关良和杨文军很快便率先占据领先位置。然而，两人的卫冕之路并非毫无悬念。250米过后，俄罗斯组合开始加快速度，从第四位跃居第二，直逼中国队。不过，在面对俄罗斯和德国组合的强大冲击下，孟关良和杨文军拼尽全力并最终成功卫冕。在冲过终点的一刹那，两人双双落入水中。不过，这一落水不是为了庆祝，而是两人都因为身体达到极限而摔落水中。

"最后50米想的就是金牌，就是往前顶。前面太快，后面快顶不下来了。"落水的杨文军实话实说。赛后，教练马克也激动地说："他们坚持下来了，是用心在比，表现非常好。"

今年25岁的杨文军，1996年被选入宜春市体校。1998年进入江西省水上运动管理中心，开始了皮划艇项目训练。谈起儿子，杨文军的父亲曾这样评价："文军很独立，能照顾自己，不太让我们操心。而且肯动脑筋、爱钻研。自从练了皮划艇，就成天琢磨怎么能划得更快。"

功夫不负有心人。在2002年釜山亚运会上，杨文军与队友获得男子双

人划艇500米和1000米冠军；之后，在雅典奥运会上，杨文军又与孟关良创造了中国水上项目的历史。

最美丽的火炬手金晶

金晶父亲名叫金建生，是上海知青，到合肥市肥西县后与金晶的母亲刘华瑶相爱，成立了家庭。1981年，金晶在合肥出生。金建生和刘华瑶都是工薪阶层，一家人过着平淡而幸福的日子。

金晶从小就很有正义感，像男孩子一样爱打抱不平。有一次，金晶在公交车上看到小偷偷别人皮夹，周围人不说话，她自己却撑着拐杖走到小偷面前，拿起手机拍照，直到小偷灰溜溜地下车。

在金晶9岁那年，一场灾难降临这个美满的家庭。金晶上小学三年级的时候，右腿突然生了恶性肿瘤，必须进行截肢手术。截

金 晶

肢后还进行了为期一年的化疗。金晶每次化疗回来后，家里的地板就要擦洗干净，因为痛苦的金晶根本没法在床上呆着，全身痉挛的她只得在地板上滚来滚去，一边喝水一边吐。很多成年人都难以坚持一年的化疗，但金晶挺过来了，变得更坚强了。她奇迹般地恢复后，又回学校读书了，一开始是爸爸接送，一年后她就坚持着自己挂拐独行，大雪天也不例外。回到学校后，坚强乐观的金晶开始学着一只脚跳着打乒乓球、羽毛球，即使残肢的骨头撞碎也一声不吭。当时的金晶在教室里妨碍别人走路，她就不撑拐杖，单脚跳，结果一次下课从讲台上跳下来的时候重重地摔在了地上，右腿的残肢硬生生地杵在地上，当时就不能动了，同学们发现才把她扶上

座位，其实那时剧痛根本就没有办法移动，忍着钻心的疼痛被扶回了座位，没吭一声，直到放学爸爸来接她都没有从座位上移动过，看到爸爸的时候，眼泪就忍不住了，后来去了医院检查，残肢的骨头碎了一部分，后面还形成了囊肿，在队里训练的时候也发生过，剑刺在残肢的骨头上，当时就痛得眼泪流下来，不过戴着面罩，还好没有人看到，但也因为训练，腿上又多了两个囊肿，现在腿上一共3个囊肿。

当时化疗最痛苦的就是呕吐，虽然还是边看边吐，但一直有种精神鼓舞着她，"佐罗"就是她当时最喜欢的一部电影。

2004年雅典奥运会不能去的时候，对金晶的打击非常大。奥运会啊，每个运动员的梦想啊，在家里消沉了两个月，也没有去上班，后来听到她们男队员在奥运会拿了团体金牌，当时就释然了，自己队友得到了冠军，自己也很高兴。

被选拔成为联想奥运火炬手，而且还是境外火炬手，金晶至今觉得像做梦。2007年的一天，朋友在MSN上建议她去报名参加央视举办的"你就是火炬手"选拔比赛，但她根本没想到会胜出："报名的时候就战战兢兢，觉得全国那么多人，光上海就有成千上万的人想参加，我算什么呀？但又一想，总得试试看吧，一是让自己有动力，把我对奥运的梦想坚持下去，二是，我是上海轮椅击剑队员，参加这样的活动，还想鼓励与我一样的那些需要拄着拐杖、需要用轮椅的人，用我的微笑和行动温暖一些悲伤的心，让他们对生活充满希望，让他们也对生活乐观起来。"

在联想奥运火炬手的最后一场选拔中，金晶是最受人瞩目的选手之一。站在台上的金晶脸上始终挂着醉人的笑容。作为中国残疾人击剑运动队主力队员，金晶没有太多提及训练中的艰难和伤痛，只是轻松地说"喜欢就要付出代价"！欣赏过金晶在轮椅上为观众奉献的交谊舞，评委深情地点评："上帝关上一扇门，就会打开另一扇门。快乐是给自己最好的礼物。"

2008年4月7日下午18时30分，北京奥运火炬传递在法国巴黎著名的埃菲尔铁塔开始环球传递第五站的传递活动，在这一站来自中国的联想火炬手金晶引起在场所有媒体和中国人的关注。

金晶被朋友们称为"轮椅上的微笑天使"，原定跑的是第三棒，应从一

名法国著名篮球运动员手中接过圣火。后来巴黎方面临时调整了路线,将她传递的地方改在了一公里外的塞纳河边。在巴黎火炬传递时,当金晶一脸微笑在街头出现,受到了法国媒体和公众的喜爱。熟悉她的记者都忍不住说:"真是一个阳光美女。"

当天,由于极少数的藏独分子干扰北京奥运火炬的传递,无耻的"藏独"分子竟毫无人性地把黑手伸向了坐在轮椅上等待火炬传递的金晶!"藏独"分子冲向金晶,试图要从她手中抢走火炬。金晶面对突如其来的冲击,毫不畏惧,用双手紧紧抱着火炬,同时脸上仍然流露出骄傲的神情。她在用她那残弱的身躯捍卫着奥运精神,这个画面打动了在场所有人的心弦。

热爱集体，师德丰碑

> 个人之于社会等于身体的细胞，要一个人身体健全，不用说必须每个细胞都健全。
>
> ——闻一多
>
> 一个人要帮助弱者，应当自己成为强者，而不是和他们一样变成弱者。
>
> ——罗曼·罗兰

女教师护学生斗歹徒

本来平静的学校，突然闯入10多人，其中还有人手持利斧，校园闯入者将两名学生打伤。面对危情，一名女老师挺身而出用身体护住了自己的学生。

10月24日是星期日，上午不到10点，辽阳市第一高中内只有高三学生们正在教室内安静地上自习。这时，3台轿车停在了第一高中大门前，3台车上坐着10多名身份不明的年轻人，此外还包括该校高三学生张峰（化名）和他的父亲。张峰和父亲借口找学生有点事情，就进入了学校。他们来到了高三年组的一间教室，张峰告诉父亲，教室内的肖华和跟自己有仇

的叶辛（化名）关系好，而后张峰就将正在上自习的肖华叫了出来，说是有点事情要询问，将其带出了教室。当时，肖华根本就不知道会发生什么事情，就走进了校门外停放的车内。

接着，令这名学生恐惧的事件发生了。肖华进入捷达车内，两个成年人将他夹在了中间，车上的3个人不容分说就是一顿拳打脚踢。

吓得满脸苍白的肖华，已经是不知所措，只能按照对方的意思来办。两个大人架着肖华回到教学楼内，四处寻找李勇（化名），找了半天不见影子。最终在教学楼内，遇到了李勇。虽然明知道李勇出去也会遭到殴打，但是已经吓坏了的肖华，不敢给李勇任何的提醒。几个人又将李勇架到了车旁，准备将其带入车内。已经感觉事情不妙的李勇，准备向校内逃跑。这时，正好有一辆车要进入学校，两个学生得此机会拼命地跑了进去。当时，肖华以为逃到学校他们就不敢追进来了。他把学校当成安全地带，错误地估计了这伙人的"胆量"。

看到两人跑了，3台车上10多人都下来了，紧跟着追进学校，有人拿着红色的消防斧，也冲进了校园。两个学生当场被打倒在地。

殴打的过程被在学校内的一名教微机的张老师看到了，她立即跑来救自己的学生。"我是老师，你们不能打孩子。"张老师表明身份，面对这伙气势汹汹的人毫无惧色，并呵斥对方想干什么。但是这些人连老师也没有放过，照样是打。张老师为了保护自己学生，不顾一切地趴到李勇的身上，用自己身体抵挡。抡起的红色消防斧向着学生的身体砍去，女老师伸手一挡，斧子没有直接砍到李勇的脸上，但是李勇的脸上也被刮开一个口子。

由于听到有人说一位老师报警了，行凶者才迅速离开。此时，受到拳打脚踢的3人都躺在了校门口，两个孩子脸部都受到创伤，120急救人员到达后，3人被送到医院。

对于挺身而出的张老师，3位家长表示非常钦佩，能用身体来保护自己的学生，真是非常勇敢。事后，一定要好好感谢这位老师。

校长为护学生连挨五刀

2005年3月12日晚上，星期六，正好赶上王玉贵带着老师们巡夜，当时晚自习已经结束，校园里非常安静。害怕学生学习到太晚影响第二天的上课，王玉贵经常先到教学楼催促那些晚走的学生，这天他又像往常一样来到教学楼前。这时，王玉贵听到教学楼东部有打斗声，他迅速循声跑去。在教学楼的二楼楼梯口，王玉贵看到十几个染着黄头发、红头发的外来青年正在殴打学生。他大喝一声，"住手"人立即挡在了学生的前面。王玉贵说，"开始的时候，我以为只有两个男生，后来看到旁边还有一个女生，女生手里拿的暖瓶都被那些坏孩子给砸碎了，他们都被吓坏了。"

在王玉贵的掩护下，三个学生顺利脱险。但是在愣了一秒钟之后，这伙穷凶极恶的歹徒开始围攻，瞬间拳头、棍棒、砍刀一齐落在王玉贵身上。王玉贵一边护着头大声斥责："给我住手！你们这样会坐牢的"一边奋起与之搏斗。那帮歹徒被王玉贵的气势震住，害怕时间长了被抓住，一阵乱打之后纷纷逃窜。

王玉贵赶紧打电话通知校长，此时他才觉得左臂疼得抬不起来，他费劲的把情况报告给校长，接着与闻赶来的教师一起追赶歹徒。害怕歹徒再上宿舍闹事，他坚持着到五层高的宿舍楼巡视一圈，等到校长、老师来到宿舍楼前时，他已经浑身剧痛。校长用手电一照，王玉贵背上的羽绒服裂开一个大口子，用手伸进去一摸，全是血。大家赶紧拨打120，在等120时，王玉贵被送进学校卫生室，但是卫生室的人一看伤口太深，害怕伤极胸腔，不敢动。等到医院，医生脱下血衣，王玉贵后背和腋窝有两个刀口，总长达19厘米，刀口深达4厘米，整整缝了18针。连大夫都纳闷，什么人和他有那么大的仇恨，下手这么狠。

在王玉贵的办公室内，人们看到了他那天晚上穿的"血衣"，藏青色的

145

羽绒服上沾满了土，五道口子赫然在目，其中背部和左腋窝处直接划透，露出的白羊绒上粘着血渍。

王玉贵只身救学生的事发生后，阳信县一方面充分肯定了王玉贵的事迹，一方面成立专案组，抓紧时间破案。在几个月之后，13名歹徒终于全部落网，警方发现作案的竟然都是些十几岁的孩子，小的13岁，大的17岁，不少是家庭离异的子女。

那13个人是三伙，其中一个头目是在步行街上卖衣服的，这三伙人经常到他那里去聚会，他们从操场西南角爬进校园的。当时他们喝了酒，想到教室冲学生要钱，但学生能有什么钱啊，结果就揍学生。3个头目被刑拘了，当时公诉的时候，法院让王玉贵去开庭，他也没去。他觉得他们还是一帮孩子，能够震慑他们、警示社会就行，没必要非要他们怎么着。

9月7日，王玉贵被人事部、教育部授予"全国模范教师"荣誉称号；8日，受到全国总工会的表彰，获得"全国师德标兵"的荣誉称号。面对荣誉，王玉贵很是忐忑，"荣誉越高，责任越大，期望越高，压力越大"。

谭千秋飞身护学生

5月12日，一个黑色的日子。

清晨，天空阴沉沉的。

下午2点多钟，谭千秋在教室上课，他正讲到高潮部分时，房子突然剧烈地抖动起来。地震！谭千秋意识到情况不妙，立即喊道："大家快跑，什么也不要拿！快……"同学们迅速冲出教室，往操场上跑。房子摇晃得越来越厉害了，并伴随着刺耳的吱吱声，外面阵阵尘埃腾空而起……还有4位同学已没办法冲出去了，谭千秋立即将他们拉到课桌底下，自己弓着背，双手撑在课桌上，用自己的身体盖着4个学生。轰轰轰——砖块、水泥板重重地砸在他的身上，房子塌陷了……

13日22时12分，谭千秋终于被找到。发现他的时候，他双臂张开着趴在课桌上，后脑被楼板砸得深凹下去，血肉模糊，身下死死地护着4个学生，4个学生都还活着！第一个发现谭老师的救援人员眼含热泪，他说，谭老师誓死护卫学生的形象，是他这一生永远忘不掉的。地震时，眼看教室要倒，谭千秋老师飞身扑到了学生们的身上。

谭千秋的遗体是13日22时12分从废墟中扒出来的。

谭千秋

同在一所学校任教的妻子张关蓉终于在次日清早见到了自己的丈夫。她拉起丈夫的手臂，要给他擦去血迹时，丈夫僵硬的手指触痛了她脆弱的神经，她轻揉着丈夫的手指，痛哭失声："那4个娃儿真的都活了吗？昨天晚上就听说有个老师救了4个娃儿，我哪知道就是你……"她扑到丈夫的遗体上放声恸哭。

张关蓉仔细地擦拭着丈夫的遗体，蓬乱的头发被细细地梳理成丈夫生前习惯的发型："我的爱人，让我给你细细擦去手上的污泥，就像你曾经温柔地擦去我脸上的泪水。我的爱人，你宽阔的臂膀给了我栖息的港湾，更给了大震中4个孩子生命的新岸。男子汉也会累吗，你怎么躺下就不再起来？让我跪下来，依然和你保持最近的距离，让我为你温暖冰凉的手指……"

张关蓉和谭千秋曾相约相亲相爱到地老天荒。地震前一天，丈夫给小女儿买了两双鞋子、一条裤子，她还问丈夫为什么一下子买了这么多，谁知，这似乎就预示了阴阳永隔。

深夜的德阳市汉旺镇，冷雨凄厉，悲声四处，呼啸而过的救护车最能给人带来一丝慰藉，那意味着又有一个生命在奔向希望。

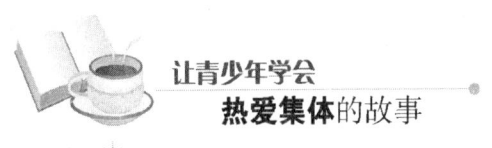

汶川集体不倒丰碑

袁文婷：危急时心怀学生

一提到袁文婷的名字，吴佳辉便嚎啕大哭，嚷着："袁老师还被埋在里面，她没有死，我看见她倒下的，她手里还牵着同学。"

吴佳辉是袁文婷最后救出来的学生，在他的脑海里，一直都回放着地震发生时的瞬间，袁老师的身影。

当时学生们在教室里复习功课，袁老师正在检查作业，感觉到地面开始晃动时，学生们根本就没意识到地震发生了，只听见袁老师大声吼叫："地震了，大家快跑！"

学生们当时也吓傻了，站在那儿不知道该往哪儿跑，只见袁老师快速地奔跑过来抱起学生就往外跑，1个、2个、3个……10多个同学被送出了教室，正当袁老师把学生放在教室门口又转身回去救其他同学时，只听见"嘭"的一声，楼板就掉了下来。

5月12日晚上10点多，搜救人员终于发现了袁文婷——一块厚厚的水泥板，压在她的身上。

当水泥板被抬走时，眼前的一幕让大家潸然泪下：袁老师的身下，还藏着她的学生，而此刻袁老师却因为伤重永远闭上了眼睛。

向倩：舍己身碎动人心

向倩的遗体被发现时，她已被压断为3截。几乎碎成一团的上半身，张开的双臂下，紧紧搂着3个已死去的学生。

救援人员怎么也无法扳开她的双手，现场的武警官兵为之落泪，纷纷行起军礼。

当时在现场的当地媒体《今日什邡》编辑部主任唐世华回忆，由于向倩的身体严重变形，救援人员最初无法确认其身份。在将其尸骸抬往室内时，救援人员发现其身旁有半截跟凉鞋的鞋跟，从而判断其为学校老师，并最终确认为年仅21岁的向倩。

张米亚：把守生命之门

张米亚老师用血肉之躯为牢牢守护学生。

当汶川县映秀镇的群众徒手搬开垮塌的镇小学教学楼一角时，被眼前的一幕震撼了：该校29岁的张米亚老师，跪扑在废墟上，双臂紧紧搂着两个孩子。两个孩子还活着，而张老师已永远地停止了呼吸。由于紧抱孩子的手臂已经僵硬，救援人员只得含泪将之锯掉才把孩子救出。"摘下我的翅膀，送给你飞翔。"热爱歌唱的张米亚老师用生命诠释了这句歌词。大震中，张老师的妻子、该校邓霞老师和他们不满3岁的儿子也被垮塌的房屋深埋。

生死关头冲上危楼救学生

地震发生时，崇州市怀远镇中学吴忠洪老师正在给4楼的7年级5班学生上英语课。看见大地剧烈地抖动，吴老师当即向班上29个学生大喊："同学们，快跑！快下楼，地震了！"他自己则牢牢地将摇晃得很厉害的门框扳住。刚到3楼，被吴老师救出的林霞等学生看到吴老师又向四楼跑上去。后来才知道，还有2名学生因为恐惧仍滞留在教室里。但一切发生得太快了，吴老师和另外3名学生被永远地留在了废墟中，临死前吴老师还抱着2名学生。爱生如子的吴忠洪老师用忠诚将28年执教之路升华成一个永恒的美丽。

师德浩大瞿万容

汶川地震发生后，四川绵竹市遵道镇欢欢幼儿园发生整体垮塌，而此时80多名孩子正在午睡，除园长在外出差，5名教师都在园内。此次地震共造成该园50多名小孩和3名教师死亡，目前仍有两名教师在医院抢救，一名孩子生死不明。

地震发生后，孩子家长很快就聚集在幼儿园废墟周围，不停地呼喊着孩子的名字，开始孩子们还能在废墟中发出微弱的回应，但随着时间一秒一秒地逝去，回应声越来越弱。家长们也只能无奈地坐在废墟边上，焦急地等待着救援队伍到来。

幼儿园园长李娟回忆起瞿万容老师被救援队发现的情形，泣不成声。当时瞿老师扑在地上，用后背牢牢地挡住了垮塌的水泥板，怀里还紧紧抱着一名小孩。小孩获救了，但瞿老师却永远离开了我们。

杜正香舍生守护3名幼儿

5月12日地震发生时，杨树兰正在学校的宿舍午休，当她连滚带爬跑到操场上时，正好看见杜正香一把将送小孙子上学的严明君老太太祖孙俩推出了摇晃中的教学楼，转身冲进一楼的教室，连抱带拉救出几个孩子，之后她又冲进了已是烟尘滚滚、不停摆动中的教学楼。

位于平武县腹地的南坝镇是此次地震的重灾区之一，由于桥梁坍塌和山体滑坡导致与外界的交通完全中断，水电通讯也彻底瘫痪，成了与世隔绝的震后"孤岛"。南坝全镇大部分房屋倒塌，剩下的也都成了危房。

南坝小学是南坝镇伤亡最为惨重的，两座3层高的教学楼全部倒塌，全校870多名学生中142人死亡，170多人失踪。5月14日10时，震后第三天，绵阳市平武县南坝小学救援现场，当解放军官兵掀开因地震完全坍塌的一根钢筋水泥横梁时，

杜正香

眼前的一幕震撼了在场的每一个人——一位死去多时的女老师趴在瓦砾里。

"挖出来了！挖出来了！杜老师找到了！"震后一直守候在南坝小学校门口的老师和家长们围拢上来。

他们发现了已牺牲多时的48岁学前班临时聘用教师杜正香。她趴在瓦砾堆里，头朝着门的方向，双手紧紧地各拉着一个年幼的孩子，胸前还守护着3个幼小的生命。杜老师的同事杨树兰说："如果不是为了救学生，杜老师肯定能跑出去，可我知道，她肯定不会扔下学生们不管。"

人们口中说的杜老师，孩子们更喜欢摇着她的手喊她"杜婆婆"，其实杜老师今年才48岁。

杜老师的丈夫严正明回忆起自己的妻子，哽咽里还有骄傲："我知道她一定会那样做，她一直对学生们很好。"

和四川其他边远山区村镇一样，南坝镇绝大多数的青壮年都外出打工了，家里只剩下老老小小。爷爷奶奶们也都放心把自己的孙子孙女交给她照顾。孩子们都亲热地喊她"婆婆"，特别熟的就干脆叫她"老杜"，她也不介意。

杜正香对孩子好是出了名的，她已经在南坝代课20多年。作为一名共产党员，她还是附近落河盖的社长，为人好是出了名的。

这次地震，杜老师班上的孩子获救的并不多，可是家长们都没有怨言，"都知道她对孩子好，怎么能怪她。"

14日下午，全镇幸存的村民自发为杜正香出殡，队伍从山上拉到山下，他们都要来送送这位好老师。

苟晓超坚守职责新婚郎

5月12日，是通江县洪口镇永安坝村小学24岁的苟晓超老师新婚后上班的第一天。14时28分，正准备走出教室的苟晓超突然感到地板在震动，门窗玻璃噼哩啪啦作响，整栋教学楼剧烈摇晃，地震！

他大声吼叫二年级学生赶快下楼逃生，并用尽全身力气大声通知正在

二楼和一楼巡查的老师。

"快疏散孩子！"苟晓超向正在一二楼跟班的老师大声呼喊，同时下意识拽着几个前排的孩子冲出教室，10余名孩子紧跟在他身后。

惊醒的孩子在老师们带领下陆续从教室撤离到操场。

苟晓超老师不顾教学楼顶楼砖头玻璃的掉落，飞跑上三楼抢救58个正在午休的孩子。哭喊声、惊叫声响成一团。"不要拥挤！"苟晓超大喊，扯起两个跌倒的学生向楼下跑去。第一批学生被安全送到楼下，他又迅即转身，从人群中奔向三楼。一转眼，他又出现在三楼巷道上，十几个孩子也跟着他向楼下跑。这时，墙砖伴着混凝土簌簌落下，玻璃不断碎落。其他几位老师紧急疏散、安置转移一二楼的学生。

苟晓超

教学楼墙壁上的裂痕越来越大，随时可能坍塌。三楼教室里还有吓呆了而死死抱住课桌的10多名学生呀！苟晓超第三次扎进摇摇欲坠的教学楼，声嘶力竭地吼到："快跑！快跑！"逐一拍打学生的头，然后双手夹着两个孩子飞奔而下。

刚跑到一楼最后一级楼梯，"轰！"教学楼正面两根直径1米的圆柱倒塌，顶楼轰然坍塌，一块重约一吨的混凝砖块砸向他的小腿，他本能地将两个孩子"藏"在自己的怀中，用坚强的身躯挡住从天而降的坠落物。就在扑倒瞬间，他使出全身力气，将怀中的王佳红和莘跃顺势推了出去。

两个孩子和被困的最后几名学生终于获救了。

"快，快去！不要管我……"在场老师和闻讯赶来的村民、过路司机、乡镇干部搭上木梯，用双手、铁铲、钢钎刨开水泥块，用绳子将被困的43个孩子救了出来。

16时20分,苟晓超在转往县人民医院的途中,因伤势过重,停止了呼吸,走完了仅23年的人生旅程。

师德浩大瞿万容

汶川地震发生后,四川绵竹市遵道镇欢欢幼儿园发生整体垮塌,而此时80多名孩子正在午睡,除园长在外出差,5名教师都在园内。此次地震共造成该园50多名小孩和3名教师死亡,目前仍有两名教师在医院抢救,一名孩子生死不明。

地震发生后,孩子家长很快就聚集在幼儿园废墟周围,不停地呼喊着孩子的名字,开始孩子们还能在废墟中发出微弱的回应,但随着时间一秒一秒地逝去,回应声越来越弱。家长们也只能无奈地坐在废墟边上,焦急地等待着救援队伍到来。

幼儿园园长李娟回忆起瞿万容老师被救援队发现的情形,泣不成声。当时瞿老师扑在地上,用后背牢牢地挡住了垮塌的水泥板,怀里还紧紧抱着一名小孩。小孩获救了,但瞿老师却永远离开了我们。

杨雪艳:身体弓成"人"字保护学生

杨雪艳今年22岁,2007年10月,在青川县陶龙小学当了一名代课老师。

陶龙小学坐落在青川陶龙村一个山坡上,校舍就是一幢一层楼的平房。全校有5个班级,共113名学生,是一所非常贫困的村级小学。杨雪艳每月只有400元工资。

5月12日14时28分,杨雪艳正在教三年级的语文,教室突然剧烈摇

晃起来。杨雪艳立刻组织所在班级的学生撤退。

  由于前门震垮，杨雪艳和另外3名老师组织学生从后院围墙撤离。杨雪艳用手抱、用肩托，把学生一个个送到围墙外。就在还剩下五年级的2名学生时，围墙"轰"地一声垮了。杨雪艳和另一名老师以及2名学生被埋在了废墟之下。

  被挖出来时，村民们看到，杨雪艳和另一名老师用身体弓成了一个"人"字，护着身下的学生。杨雪艳等老师的英雄行为被媒体报道后，得到社会各界的敬仰。